Assim é (se lhe parece)

Obras de Luigi Pirandello

Assim é (se lhe parece)
Esta noite se improvisa
O homem da flor na boca [no prelo]

Luigi Pirandello
Assim é (se lhe parece)

Tradução de
Sergio N. Melo

Posfácio de
Alcir Pécora

TORDSILHAS

Copyright desta edição © 2011/2022 by Tordesilhas

Todos os direitos reservados. Nenhuma parte desta edição pode ser utilizada ou reproduzida – em qualquer meio ou forma, seja mecânico ou eletrônico –, nem apropriada ou estocada em sistema de banco de dados, sem a expressa autorização da editora.

O texto deste livro foi fixado conforme o acordo ortográfico vigente no Brasil desde 1º de janeiro de 2009.

TÍTULO ORIGINAL *Cosi è (se vi pare)*
EDIÇÃO UTILIZADA PARA ESTA TRADUÇÃO Luigi Pirandello, *Cosi è (se vi pare)*, Selino's, Palermo, s/d
REVISÃO Eugenio Vinci de Moraes, Beatriz de Freitas Moreira e Bia Nunes de Sousa
PROJETO GRÁFICO Kiko Farkas e Thiago Lacaz/Máquina Estúdio
CAPA Amanda Cestaro
1ª edição, 2011 / 2ª edição, 2022

Dados Internacionais de Catalogação na Publicação (CIP)
(Câmara Brasileira do Livro, SP, Brasil)

Pirandello, Luigi, 1867-1936 Assim é (se lhe parece) / Luigi Pirandello ; tradução de Sergio N. Melo ; posfácio de Alcir Pécora. – 2. ed. – São Paulo, SP : Tordesilhas, 2022.

Título original: Cosi è (se vi pare).
Bibliografia.
ISBN 978-65-5568-056-0

1. Teatro italiano I. Título.

21-87913   CDD-852

---

1. Teatro : Literatura italiana 852
Eliete Marques da Silva - Bibliotecária - CRB-8/9380

2022
Tordesilhas é um selo da Alaúde Editorial Ltda.
Avenida Paulista, 1337, conjunto 11
01311-200 – São Paulo – SP
www.tordesilhaslivros.com.br
blog.tordesilhaslivros.com.br

 /Tordesilhas    /TordesilhasLivros
/eTordesilhas    /TordesilhasLivros

Sumário

Apresentação 7

Assim é (se lhe parece) 9
Primeiro ato 13
Segundo ato 75
Terceiro ato 123

Posfácio 177
Cronologia 189
Bibliografia 194
Sobre o tradutor e o posfaciador 199

Apresentação

Representada pela primeira vez em 1917, enquanto a Itália passava pela insegurança da Primeira Guerra Mundial, *Assim é (se lhe parece)* coloca em cheque os conceitos de verdade e objetividade. Desde então, inúmeras montagens acumulam-se mundo afora – inclusive uma performance lendária do Teatro Brasileiro de Comédia, em 1953, com Cleyde Yáconis e Paulo Autran, elogiada por Décio de Almeida Prado e vencedora do Prêmio Governador do Estado de São Paulo.

Por meio de diálogos ágeis e divertidos, Pirandello expõe a história da senhora Frola, uma velha que se muda para o mesmo prédio de uma família da alta burguesia italiana, os Agazzi, e se recusa a recebê-los – gesto que é encarado com indignação pelo senhor Agazzi, ocupante de um cargo elevado na prefeitura da pequena província. A revolta logo se torna perplexidade e curiosidade, com o surgimento do senhor Ponza, genro da velha e colega de repartição do senhor Agazzi. Ponza se desculpa pela sogra e pede que todos tenham paciência, pois ela enlouqueceu com a morte da filha e agora está sob seus cuidados. Pouco tempo depois, é a senhora Frola quem conta, de forma coerente e sã, ser o genro quem de fato se abalou mentalmente e, portanto, acredita que a esposa está morta. Entre idas e vindas de ambos, a confusão de todos aumenta cada vez mais, beirando o desespero. Em paralelo, o cunhado de Agazzi, Laudisi, insiste em tentar convencê-los de que a verdade não existe.

A obra, chamada por seu autor de "farsa filosófica", se insere na vanguarda do seu tempo ao abordar conceitos linguísticos e filosóficos que levariam décadas para serem aceitos e institucionalizados. Pelo seu trabalho como escritor e dramaturgo, Luigi Pirandello recebeu o Prêmio Nobel de Literatura de 1934 e é considerado um dos escritores mais relevantes do século xx.

Assim é (se lhe parece)

Parábola em três atos
março-abril de 1917

Personagens

Lamberto Laudisi
A senhora Frola
O senhor Ponza, seu genro
A senhora Ponza
O Conselheiro Agazzi
A senhora Amália, sua esposa e irmã de Lamberto Laudisi
Dina, filha deles
A senhora Sirelli
O senhor Sirelli
O senhor Prefeito
O Comissário Centuri
A senhora Cini
A senhora Nenni
Um Copeiro da casa dos Agazzi
Outros senhores e senhoras

Em uma capital de província
Dias de hoje

Primeiro ato

Cena Um

Saleta da casa do Conselheiro Agazzi. Saída comunal ao fundo. Saídas laterais à direita e à esquerda. A senhora Amália, Dina e Laudisi. Assim que a cortina sobe, Lamberto Laudisi passeia irritado pela saleta. Vivaz, elegante sem rebuscamento, com cerca de quarenta anos de idade, veste um paletó violeta com lapelas e alamares pretos.

LAUDISI
Ah! Então, você recorreu ao Prefeito?

AMÁLIA
[*com cerca de quarenta e cinco anos de idade, grisalha, ostenta certa importância em função da posição social do marido. Entretanto, dá a entender que, se dependesse dela, representaria o mesmo papel de modo bem diverso em muitas ocasiões*]
Ai, meu Deus, Lamberto, se trata de um funcionário subordinado a ele afinal de contas.

LAUDISI
Alto lá! Um funcionário subordinado a ele na Prefeitura, não dentro da sua própria casa!

DINA
[*dezenove anos, certo ar de quem entende tudo melhor que a mãe e o pai; mas, atenuado, esse ar lhe dá uma graça jovial*]
Ele colocou a sogra para morar bem aqui, no mesmo andar que nós!

LAUDISI
E por acaso ele não podia? Tinha um apartamentinho desocupado, e ele o alugou para a sogra morar. Que obrigação tem uma sogra de vir bajular [*caricatural de propósito*] a filha e a esposa de um chefe do genro dela?

AMÁLIA
A questão não é essa! Quem falou em obrigação? Fomos nós que tomamos a iniciativa de ir lá, a Dina e eu, e não fomos recebidas. Entende?

LAUDISI
E o que foi fazer agora o seu marido no Prefeito? Lançar mão de autoridade para impor um ato de cortesia?

AMÁLIA
Um ato justo de retratação! Porque não se deixam duas senhoras, assim, como se fossem estacas, diante da porta.

LAUDISI
Arrogância, arrogância! Não é mais permitido às pessoas a privacidade de suas casas?

AMÁLIA
Se você não quiser levar em consideração a nossa iniciativa de fazer uma cortesia a uma estranha.

DINA
Titio, se acalme... com toda a sinceridade, estamos prontas para admitir que a nossa cortesia foi fruto de curiosidade. Mas não lhe parece natural?

LAUDISI
　Natural, sim, com certeza, porque vocês não têm mais o que fazer!

DINA
　Não é isso, titio. Preste atenção: imagine que você está aí, sem nenhuma intenção de se meter na vida alheia. – Bem. – Eu chego. E, em cima desta mesa em frente a você, eu coloco, im--per-tur-bá-vel... ou melhor, com a expressão daquele sujeito ali com aspecto de criminoso – deixa eu ver... um par de sapatos da cozinheira...

LAUDISI
　Mas o que é que tem a ver os sapatos da cozinheira com essa história?

DINA
　Ah, ah! Está vendo? Você se espanta. Isso lhe parece uma extravagância, e imediatamente você me pergunta por quê.

LAUDISI
[*pausando, com um sorriso frio, mas se refazendo sem demora*]
　Que gracinha! Você é tão engenhosa... mas você está falando comigo, sabia? – Você vem colocar os sapatos da cozinheira aqui em cima da mesa exatamente para atiçar a minha curiosidade; e exatamente porque você fez isso de propósito, não pode me criticar se eu perguntar: "Mas por que, caríssima, os sapatos da cozinheira estão em cima da mesa?" – Você tem é que demonstrar para mim que esse tal de senhor Ponza – vilão e salafrário, como o chama o seu pai – veio colocar, igualmente de propósito, a sogra aqui no prédio.

DINA
Tudo bem! Vamos admitir que ele não tenho feito de propósito! Mas você não pode negar que esse homem vive de um modo tão bizarro que acaba atiçando a naturalíssima curiosidade de toda a cidade. – Veja bem – Ele chega – Aluga um apartamento no último andar daquela casarona tétrica, lá, na periferia da cidade, com vista para a roça. Você viu o prédio? Quero dizer, do lado de dentro?

LAUDISI
Por acaso você foi ver?

DINA
Sim, titio! Com a mamãe. E fique sabendo que não fomos apenas nós duas. – Todos já foram lá. – Tem um pátio interno – tão escuro! – parece um poço – com uma grade de ferro de ponta a ponta da mureta do corredor do último andar, de onde os moradores baixam cestinhas vazias que sobem cheias de pães...

LAUDISI
E daí?

DINA
[com maravilhamento e indignação]
Ele confinou a esposa lá em cima!

AMÁLIA
E a sogra aqui perto de nós!

LAUDISI
Em um apartamento no meio da cidade, a sogra!

AMÁLIA
Entende o tipo de coisa! E ele a obriga a viver separada da filha!

LAUDISI
E quem garante que é assim? Não pode ser justamente o contrário: que é ela, a mãe, quem quer mais liberdade?

DINA
Claro que não, titio! É evidente que é ele!

AMÁLIA
Veja bem: é compreensível que uma filha, se casando, deixe a casa da mãe e vá viver com o marido, até mesmo em outra cidade. Mas que uma pobre mãe, não conseguindo viver longe da filha, a siga e, na cidade onde ela também é uma estranha, seja obrigada a viver separada dela; convenhamos, você há de concordar que isso não... não é facilmente compreensível.

LAUDISI
Mas que fantasia precária! Custa tanto imaginar que, por culpa dela ou dele – ou mesmo por culpa de ninguém –, exista uma incompatibilidade de caráter tão acirrada que, mesmo nessas condições?...

DINA
[*interrompendo, maravilhada*]
Como, titio? Entre mãe e filha?

LAUDISI
Por que entre mãe e filha?

AMÁLIA
   Porque entre elas duas, não! Estão sempre juntas, entre ele e ela!

DINA
   Sogra e genro! É exatamente esse o motivo do espanto de todos!

AMÁLIA
   É que ele vem aqui todas as noites fazer companhia à sogra!

DINA
   De dia também. Vem uma ou duas vezes.

LAUDISI
   Vocês suspeitam que eles façam amor, o genro e a sogra?

DINA
   Claro que não! Ela é uma velhinha, coitada!

AMÁLIA
   Mas ele nunca traz a filha pra ver a mãe, nunca, nunca.

LAUDISI
   Vai ver que ela está doente, coitada... não pode sair de casa...

DINA
   Que doente! Ela é quem vai, a mãe...

AMÁLIA
   Sim, é a mãe quem vai. Para ver a filha, de longe. É evidente que essa pobre mãe é proibida de subir ao apartamento da filha!

DINA
Só pode falar do pátio!

AMÁLIA
Do pátio, percebe?

DINA
Com a filha, que aparece na mureta que dá para o pátio interno como se fosse do céu! Essa pobre coitada entra no pátio, puxa a corda da cestinha de pão, fazendo a campainha tocar; a filha aparece lá em cima, e ela fala de lá de baixo, do fundo daquele poço, esticando o pescoço assim. Entende o tipo de coisa? Como se não bastasse, ela nem mesmo vê a filha, ofuscada pela luz que vem do alto.

Ouvem-se batidas ao fundo, e o Copeiro aparece.

COPEIRO
Com licença, senhora.

AMÁLIA
Quem é?

COPEIRO
Os Sirelli, acompanhados de uma senhora.

AMÁLIA
Ah, sim. Faça-os entrar.

O Copeiro se inclina e sai.

Cena Dois

Os Sirelli, a senhora Cini e os mesmos da cena anterior.

AMÁLIA
[*para a senhora Sirelli*]
Minha cara senhora!

SENHORA SIRELLI
[*gorduchinha, rosada, ainda jovem, agradável, com afetada elegância provinciana, arde de uma curiosidade irrequieta e trata o marido com aspereza*]
Tomei a liberdade de trazer a senhora Cini, que tinha muita vontade de conhecê-la.

AMÁLIA
Prazer, minha senhora. – Sentem-se, por favor. [*faz as apresentações*] Esta é minha filha, Dina. – Meu irmão, Lamberto Laudisi.

SIRELLI
[*calvo, cerca de quarenta anos, gordo, empetecado, metido a elegante, sapatos estrepitosamente brilhantes, cumprimentando*]
Senhora, senhorita.

SENHORA SIRELLI
Ah, minha senhora, nós viemos aqui como quem vai à fonte. Somos duas pobres criaturas sedentas de notícias.

AMÁLIA
E notícias de quê, minhas senhoras?

SENHORA SIRELLI
Bem... desse bendito secretário novo da Prefeitura. Não se fala de outra coisa na cidade.

SENHORA CINI
[*velha deselegante, ardente, dissimuladamente maliciosa e com ares de ingenuidade*]
Temos todos essa curiosidade! Uma curiosidade como jamais se viu igual!

AMÁLIA
Mas nós não sabemos mais do que ninguém. Pode acreditar, minha senhora!

SIRELLI
[*para a esposa, como se reportasse uma vitória*]
Eu avisei! Só eu sei quantas vezes! Talvez saibam o mesmo que eu, ou até menos que eu! – Por exemplo, a verdadeira razão pela qual essa pobre mãe não pode visitar a filha na casa dela... alguém sabe qual é afinal?

AMÁLIA
Eu estava falando sobre isso com meu irmão...

LAUDISI
Ao que parece, todos vocês estão enlouquecidos.

DINA
[*de repente, para não permitir que se dê atenção ao tio*]
Porque o genro, dizem, a proíbe!

SENHORA CINI
[*com tom de lamentação*]
Não é tudo, senhorita!

SENHORA SIRELLI
[*seguindo o tom da amiga*]
Não é tudo. Faz mais ainda.

SIRELLI
[*com um gesto das mãos para catalisar as atenções*]
Notícia fresca apurada: [*quase silabando*] ele a mantém trancafiada.

AMÁLIA
A sogra?

SIRELLI
Não, senhora: a esposa!

SENHORA SIRELLI
[*com tom de lamentação*]
A esposa! A esposa!

SENHORA CINI
Trancada à chave!

DINA
Entende, titio. Você, que quer desculpar...

SIRELLI
[*espantado*]
Como? Você quer desculpar aquele homem?

LAUDISI
Não quero desculpar coisa alguma. Digo que a curiosidade de vocês, peço desculpa às senhoras, é insuportável, se não por outro motivo, porque é inútil.

SIRELLI
Como? Veja bem...

LAUDISI
Inútil! Inútil, minhas senhoras!

SENHORA CINI
Que se queira saber?

LAUDISI
Saber o quê, afinal!? O que podemos nós realmente saber sobre os outros? Quem são... como são... o que fazem... por que fazem o que fazem...

SENHORA SIRELLI
Obtendo notícias, informações...

LAUDISI
> Mas, se existe uma pessoa entre nós que deveria estar completamente a par das últimas novidades, é exatamente a senhora, com um marido como o seu, assim sempre tão bem informado sobre tudo!

SIRELLI
> [*tentando interrompê-lo*]
> É óbvio; é óbvio...

SENHORA SIRELLI
> Ah, não, meu caro, preste atenção: esta é a verdade! [*em direção à senhora Amália*] A verdade, minha senhora, é que, através do meu marido, que diz saber tudo, jamais consigo saber nada.

SIRELLI
> É óbvio! Ela nunca se contenta com o que eu digo. Duvida sempre que uma coisa seja como eu contei. Ao contrário, ela me diz que do jeito que eu contei é que não pode ser. Chega mesmo ao ponto de supor de propósito o contrário!

SENHORA SIRELLI
> Mas tenha paciência. Ele vem me contar certas coisas...

LAUDISI
> [*ri alto*]
> Ah ah ah... Se a senhora consentir, respondo eu ao seu marido. Como você quer, meu caro, que a sua mulher se contente com as coisas que você conta a ela se você – naturalmente – as conta como elas são para você?

SENHORA SIRELLI
Como absolutamente não podem ser!

LAUDISI
Ah, não, senhora, permita que eu lhe diga que é a senhora quem está errada. Para o seu marido, pode estar certa, as coisas são como ele as conta à senhora.

SIRELLI
Não, senhor, como são na verdade! Como são na verdade!

SENHORA SIRELLI
Nada disso! Você se engana o tempo todo!

SIRELLI
Você é quem se engana, pode acreditar! Eu não me engano!

LAUDISI
Não, meus senhores! Nenhum dos dois se engana! Se me permitem, vou demonstrar. [*levanta-se e se posiciona no meio da saleta*] – Todos dois estão me vendo aqui. Estão me vendo, não é verdade?

SIRELLI
Sem sombra de dúvida!

LAUDISI
Não, não responda assim tão prontamente. Venha cá, venha cá...

SIRELLI
[*olha-o com um sorriso, perplexo, como se não quisesse se dispor a participar de uma brincadeira que não entende*]
   Por quê?

SENHORA SIRELLI
[*empurrando-o*]
   Vamos logo com isso!

LAUDISI
[*a Sirelli, que se dirige a ele, hesitando*]
   Você me vê? Toque em mim.

SENHORA SIRELLI
[*ao marido, que hesita*]
   Toque-o!

LAUDISI
[*a Sirelli, que levanta uma das mãos e toca apenas as costas de Laudisi*]
   Você tem certeza de estar me tocando do mesmo modo como tem certeza de que está me vendo, não é?

SIRELLI
   Eu diria que sim...

LAUDISI
   Você não pode duvidar de si mesmo, aposto! – Retorne ao seu lugar.

SENHORA SIRELLI
[*ao marido, que permanece olhando Laudisi pateticamente*]
   É inútil que você fique aí forçando os olhos; sente-se agora!

LAUDISI
[à senhora Sirelli, depois que seu marido já retornou atordoado ao seu lugar]
Agora, com licença, venha cá a senhora... [de repente, se antecipando] Não, não, vou eu até a senhora... [coloca-se diante da senhora Sirelli e se ajoelha] A senhora me vê, não é verdade? Levante a mãozinha; toque em mim... [e como a senhora Sirelli, sentada, lhe coloca uma das mãos sobre seus ombros, ele se inclina para beijá-la] Cara mãozinha!

SIRELLI
Ai, ai, ai...

LAUDISI
Não dê atenção a ele. – A senhora também tem certeza de que está me tocando assim como me vê? Não pode duvidar de si mesma. – Mas, por caridade, não diga ao seu marido, nem à minha irmã, nem à minha sobrinha, nem a esta senhora aqui –

SENHORA CINI
[assoprando]
Cini.

LAUDISI
– como a senhora me vê, porque todos os quatro, ao contrário, dirão que a senhora está enganada. Enquanto a senhora não está enganada absolutamente. Porque eu sou realmente como a senhora me vê! Mas isso não impede que eu também seja realmente como me vê o seu marido, e a minha irmã, e a minha sobrinha, e esta senhora aqui –

SENHORA CINI
[*assoprando*]
Cini.

LAUDISI
— porque eles também não se enganam absolutamente!

SENHORA SIRELLI
E como, então, o senhor muda de um para o outro?

LAUDISI
Mudo com toda a certeza, minha senhora! E a senhora, por acaso, não? Não muda?

SENHORA SIRELLI
[*impetuosamente*]
Ah, não, não, não, não. Eu lhe asseguro que, no que diz respeito à minha pessoa, eu não mudo absolutamente!

LAUDISI
E nem eu para mim mesmo, acredite! E posso afirmar que todos vocês se enganam se não me veem como eu me vejo! Mas isso não não quer dizer que tanto a minha afirmação quanto a sua, minha cara senhora, não sejam meros frutos da presunção.

SIRELLI
Mas toda essa conversa-fiada, afinal de contas, para concluir o quê?

LAUDISI
Parece a você que não concluí coisa alguma? Essa é boa! Eu vejo que vocês estão tão ansiosos em saber quem são os outros e como são as coisas; quase como se os outros e as coisas, por si mesmos, fossem assim ou assado...

SENHORA SIRELLI
Então, de acordo com o senhor, nunca se poderá saber a verdade?

SENHORA CINI
Se não devemos mais crer nem no que se vê e se toca!

LAUDISI
De jeito nenhum, minha senhora: pode acreditar! No entanto, lhe digo: respeite o que veem e tocam os outros ainda que seja o contrário do que a senhora vê e toca!

SENHORA SIRELLI
Escute aqui. Eu vou lhe dar as costas e não vou mais lhe dirigir a palavra! Não quero enlouquecer!

LAUDISI
Não, não: chega! Continuem, continuem a falar da senhora Frola e do seu genro, o senhor Ponza: não vou mais interrompê-los.

AMÁLIA
Ah, Deus seja louvado! E seria melhor, meu caro Lamberto, se você se retirasse daqui.

DINA
Já vai tarde, titio... fora daqui!

LAUDISI
Ah, não. Mas por quê? Eu me divirto ouvindo vocês falarem. Vou ficar calado. Não duvidem. No máximo, vou dar uma ou outra risada comigo mesmo; e se uma delas fugir ao meu controle e for muito alta, vocês hão de me desculpar.

SENHORA SIRELLI
E pensar que viemos aqui para saber... – Mas, minha senhora, afinal de contas, o senhor Ponza não é um funcionário subordinado ao seu marido?

AMÁLIA
Mas uma coisa é o escritório; outra é a casa.

SENHORA SIRELLI
Compreendo, claro! Mas as senhoras nem ao menos tentaram visitar a sogra aqui no prédio?

AMÁLIA
Muito pelo contrário. Duas vezes, minha senhora.

SENHORA CINI
Ah, então... houve uma conversa?

AMÁLIA
Nós não fomos recebidas, minha senhora.

SIRELLI,
SENHORA SIRELLI,
SENHORA CINI
Ah, essa não! – Como? – Por quê?

DINA
 Esta manhã mesmo…

AMÁLIA
 Da primeira vez, esperamos mais de quinze minutos. Ninguém veio abrir a porta, e não pudemos nem mesmo deixar um cartão de visita… Então, voltamos lá hoje…

DINA
[com um gesto de mãos que exprime susto]
 Ele é quem veio abrir a porta!

SENHORA SIRELLI
 Que rosto! Ele tem um rosto de malvado! Transtornou toda a cidade com esse rosto. Ainda por cima, assim, sempre vestido de preto. Os três se vestem de preto, inclusive a esposa. Não é verdade? A filha?

SIRELLI
[irritado]
 Mas se ninguém viu a filha até hoje! Eu já disse isso mil vezes! Será que ela também se veste de preto? – Eles são de um vilarejo de Marsica –

AMÁLIA
 Sim; totalmente destruído, pelo que me consta –

SIRELLI
 Assolado pelo último terremoto.

DINA
Perderam todos os parentes, dizem.

SENHORA CINI
[*com ânsia de retomar o discurso interrompido*]
Então... – foi ele quem abriu?

AMÁLIA
Assim que o vi diante de mim, com aquele rosto, não encontrei mais a voz na garganta para dizer que tínhamos ido fazer uma visita à sua sogra. Nada, sabe? Nem mesmo um agradecimento.

DINA
Não, mamãe, em sinal de agradecimento, ele se curvou.

AMÁLIA
Mas só curvou assim... a cabeça.

DINA
Os olhos... é preciso que se diga! São olhos de uma besta, não de homem.

SENHORA CINI
[*com o mesmo tom anterior*]
E então? Que foi que ele disse então?

DINA
Completamente embaraçado –

AMÁLIA
– Totalmente confuso, nos disse que a sogra estava indisposta... que nos agradecia a atenção... e permaneceu ali na soleira da porta, esperando que nos retirássemos...

DINA
Que mortificação!

SIRELLI
Uma verdadeira afronta! Mas podem ter certeza de que é ele. Talvez tranque à chave a sogra também!

SENHORA SIRELLI
Que petulância! Fazer isso com uma senhora, esposa de um chefe de repartição!

AMÁLIA
Mas, dessa vez, meu marido ficou indignadíssimo: foi se queixar veementemente ao Prefeito e pediu uma retratação.

DINA
Ah, em boa hora, vejam quem chegou: o papai!

Cena Três

O Conselheiro Agazzi, os mesmos da cena anterior e o Copeiro.

AGAZZI
[*cinquenta anos, ruivo, barbudo, despenteado, com óculos de ouro, autoritário e rancoroso*]
 Meu caro Sirelli... [*vai rapidamente até o canapé, se inclina e aperta a mão da senhora Sirelli*] Minha senhora.

AMÁLIA
[*apresentando-o à senhora Cini*]
 Meu marido – a senhora Cini.

AGAZZI
[*curva-se e estende a mão*]
 Muito prazer! [*quase solenemente em direção à esposa e à filha*] Comunico que em breve estará aqui a senhora Frola.

SENHORA SIRELLI
[*batendo palmas, exultante*]
 Ah, ela vai vir? Vai vir aqui?

SIRELLI
[*a Agazzi, apertando-lhe a mão e tomado de admiração*]
Muito bem, meu caro! É assim que se faz!

AGAZZI
Mas é claro! Queriam que eu tolerasse uma afronta tão óbvia à minha família, às minhas mulheres?

SIRELLI
Claro! Estávamos justamente falando sobre isso!

SENHORA SIRELLI
E seria realmente apropriado aproveitar esta ocasião –

AGAZZI
[*antecipando-se*]
– a fim de chamar a atenção do Prefeito para tudo o que se diz na cidade a respeito desse senhor? Não duvide: eu fiz exatamente isso!

SIRELLI
Ah, bom! Bom!

SENHORA CINI
Coisas inexplicáveis! Realmente inconcebíveis!

AMÁLIA
Ainda por cima, selvagens. Mas você sabe que ele tranca todas duas à chave?

DINA
   Não, mamãe – da sogra nós não sabemos ainda.

SENHORA SIRELLI
   Mas da esposa temos certeza!

SIRELLI
   E o Prefeito?

AGAZZI
   Ele ficou muito... muito impressionado...

SIRELLI
   Ainda bem!

AGAZZI
   Ele já tinha ouvido alguma coisa a respeito... E também acha que é hora de esclarecer esse mistério, de saber a verdade.

LAUDISI
[ri alto]
   Ah! Ah! Ah! Ah!

AMÁLIA
   Só nos faltava essa agora: a sua gargalhada.

AGAZZI
   E por que ele está rindo?

SENHORA SIRELLI
   Porque acha que não é possível descobrir a verdade!

Cena Quatro

O Copeiro, os mesmos da cena anterior e depois a senhora Frola.

COPEIRO
[*posicionando-se na soleira da porta de entrada e anunciando*]
Com licença, a senhora Frola.

SIRELLI
Aqui está ela!

AGAZZI
Veremos agora se não é possível, meu caro Lamberti!

SENHORA SIRELLI
Muito bem! Ah, estou contente de verdade!

AMÁLIA
[*levantando-se*]
Vamos dizer para ela entrar?

AGAZZI
Não. Por favor, fique sentada. Esperemos que ela entre. Sentados, sentados. [*ao Copeiro*] Faça-a entrar.

O Copeiro sai. Um pouco depois, a senhora Frola entra, e todos se levantam.

AMÁLIA
Por favor, minha senhora. [*segurando-lhe as mãos, faz as apresentações*] Minha boa amiga, a senhora Sirelli. – A senhora Cini. – Meu marido. – O senhor Sirelli. – A minha filha Dina. – Meu irmão, Lamberto Laudisi. Queira sentar-se, senhora.

SENHORA FROLA
Sinto muito e me desculpo por não ter cumprido meu dever até hoje. A senhora, com tanta dignidade, me honrou com uma visita quando deveria ter sido eu a tomar a iniciativa.

AMÁLIA
Entre vizinhas, minha senhora, não importa quem deve tomar a iniciativa. Ainda mais que a senhora, estando aqui sozinha e sendo de fora, talvez pudesse precisar de alguma coisa...

SENHORA FROLA
Obrigada, obrigada... a senhora é bondosa demais...

SENHORA SIRELLI
A senhora vive sozinha na cidade?

SENHORA FROLA
Não, tenho uma filha casada. Ela também se mudou há pouco para cá.

SIRELLI
O seu genro é o novo secretário da Prefeitura – o senhor Ponza –, não é verdade?

SENHORA FROLA
De fato. E o senhor Conselheiro, por favor, queira aceitar as minhas desculpas, espero, e as do meu genro também...

AGAZZI
Na verdade, minha senhora, eu me senti um pouco ofendido –

SENHORA FROLA
[*interrompendo-o*]
E com razão, com toda a razão. Mas o senhor deve desculpá-lo! Ficamos muito desorientados, creia, com a nossa desgraça.

AMÁLIA
Naturalmente, tiveram aquele desastre enorme...

SENHORA SIRELLI
Perderam parentes?

SENHORA FROLA
Todos... – Todos, minha senhora. Do nosso vilarejo poucos vestígios restam: só um monte de ruínas... abandonadas por entre os campos.

SIRELLI
Sim... ficamos sabendo...

SENHORA FROLA
Eu só tinha uma irmã, que também tinha uma filha, mas que era solteira. Para o meu genro, coitado, a calamidade foi muito mais grave: a mãe, dois irmãos, uma irmã, o cunhado, as cunhadas, dois sobrinhos pequenos...

SIRELLI
Uma hecatombe!...

SENHORA FROLA
Desgraças que permanecem por toda a vida! É devastador!...

AMÁLIA
Sem dúvida...

SENHORA SIRELLI
De um momento ao outro... é enlouquecedor!

SENHORA FROLA
Não se pensa em mais nada. Cometem-se erros sem querer, senhor Conselheiro.

AGAZZI
É suficiente. Senhora, lhe imploro...

AMÁLIA
Foi em consideração a essa calamidade que minha filha e eu tomamos a iniciativa de ir visitar a senhora.

SENHORA SIRELLI
[resmungando]
 É... levando-se em consideração que a senhora estava tão só!
 – Apesar de que... me desculpe, minha senhora, se me atrevo a perguntar como é que, tendo a sua filha por perto depois de uma catástrofe como essa, que... [com hesitação, *depois de ter demonstrado desenvoltura*] me parece... deveria fazer nascer nos sobreviventes o desejo de estarem unidos...

SENHORA FROLA
[seguindo-a para poupá-la do embaraço]
 E eu, ao contrário, vivo assim, sozinha, não é verdade?

SIRELLI
 É. Para sermos sinceros, é estranho.

SENHORA FROLA
[chateada]
 Entendo... [como que tentando uma saída] Mas saiba, na minha opinião, quando uma filha ou um filho se casam, eles devem ter liberdade.

LAUDISI
 Muito bem! Corretíssimo! Para poderem viver a vida, que passa a ser com certeza outra – nas relações com a esposa ou com o marido.

SENHORA SIRELLI
 Mas não a ponto, me desculpe, Laudisi, de excluir da sua vida a própria mãe.

LAUDISI
Mas o que "excluir" tem a ver com isso? Aqui se trata – se entendi bem – da mãe que compreende que a filha não pode e não deve permanecer ligada a ela como antes porque agora leva uma outra vida.

SENHORA FROLA
[*com incontível reconhecimento*]
É exatamente isso! Obrigada! Era isso que eu queria dizer.

SENHORA CINI
Mas a sua filha, imagino, vem... vem aqui com frequência para lhe fazer companhia.

SENHORA FROLA
[*com aflição*]
É... sim... nos vemos, claro...

SIRELLI
[*repentinamente*]
Só que a sua filha nunca sai de casa! Pelo menos, nunca foi vista por ninguém.

SENHORA CINI
Ela deve ter que cuidar dos filhos pequenos.

SENHORA FROLA
Não... nenhum filho ainda. E talvez nem tenha mais. Já está casada há sete anos. Tem afazeres em casa certamente... – Mas não é por isso, não. [*sorri chateada e tenta outra saída*] Sabem? Nós, mulheres de vilarejos, estamos habituadas a ficar em casa.

AGAZZI
Mesmo quando temos mãe para ir visitar? A mãe que já não vive conosco?

AMÁLIA
Então, é a senhora quem vai ver a sua filha?

SENHORA FROLA
[*de repente*]
Claro que sim! Vou uma ou duas vezes por dia!

SIRELLI
E sobe, duas vezes por dia, aquela escadaria toda até o último andar daquele casarão?

SENHORA FROLA
[*mortificada, mas ainda tentando arduamente transformar em riso o suplício desse interrogatório*]
Não, na verdade, não subo. O senhor tem toda a razão; seria demais para mim... Não subo. A minha filha aparece no balcão do corredor que dá para o pátio, e nos vemos... nos falamos...

SENHORA SIRELLI
Mas só desse jeito? A senhora nunca vê a sua filha de perto?

DINA
[*envolvendo o pescoço da mãe carinhosamente com o braço*]
Eu, como filha, não esperaria que minha mãe subisse noventa... cem degraus por minha causa. Mas não resistiria, não poderia me contentar em ver a minha mãe, de conversar assim... de longe... do alto... sem abraçá-la, sem senti-la de perto.

SENHORA FROLA
[*evidentemente perturbada, embaraçada*]
Tem razão... Ah, sim. É melhor mesmo eu dizer. – Não quero que pensem que a minha filha é o que ela não é; que ela tem pouco afeto por mim, pouca consideração. E também não pensem isso de mim, a mãe... O que é uma escadaria de noventa, ou mesmo cem degraus, para uma velha mãe, ainda que cansada, quando o prêmio por seu esforço é poder abraçar a própria filha lá em cima?

SENHORA SIRELLI
[*triunfante*]
Exatamente, senhora! Ainda agora dizíamos que deve existir uma razão!

AMÁLIA
[*de propósito*]
Existe. Veja, Lamberto. Existe uma razão!

SIRELLI
[*pronto*]
Seu genro, então?

SENHORA FROLA
Eu peço encarecidamente que não julguem mal o meu genro! Ele é um jovem excepcional! Os senhores não fazem ideia de como ele é bom! Que afeto delicado, terno e prestimoso ele tem por mim! E isso sem falar do amor e do cuidado que ele dedica à minha filha. Ah, acreditem! Eu não poderia desejar um marido melhor pra ela!

SENHORA SIRELLI
Mas... então?

SENHORA CINI
Não é ele, então, a razão!

AGAZZI
Certamente não! Parece praticamente impossível que ele proíba a esposa de se encontrar com a mãe, ou a mãe de subir à casa da filha para estar um pouco na sua companhia!

SENHORA FROLA
Proibir, não! Quem falou em proibir?! Somos nós, senhor Conselheiro, eu e a minha filha: abdicamos espontaneamente de nos ver por respeito a ele.

AGAZZI
Desculpe, mas como ele poderia se ofender? Eu não consigo entender!

SENHORA FROLA
Não é uma questão de ofensa, senhor Conselheiro. – É um sentimento, minhas senhoras, difícil de compreender talvez... Mas, uma vez compreendido, não é difícil de se compadecer desse sentimento; ainda que custe um sacrifício nem um pouco leve tanto para mim quanto para a minha filha.

AGAZZI
A senhora reconhece que é, no mínimo, estranho tudo isso que está nos dizendo?

SIRELLI
É estranho a ponto de provocar e legitimar a nossa curiosidade.

AGAZZI
E também, digamos assim, uma suspeita.

SENHORA FROLA
Contra ele? Não, por caridade, nem diga uma coisa dessas. Que suspeita?

AGAZZI
Nenhuma. Não se aflija. Quero dizer que poderíamos suspeitar.

SENHORA FROLA
Não, não. E de quê? Se o nosso acordo é perfeito! Estamos contentes, contentíssimas, tanto a minha filha quanto eu.

SENHORA SIRELLI
Mas é ciúme talvez?

SENHORA FROLA
Da mãe? Ciúme? Eu não acho que se possa chamar assim. Se bem que, na verdade, eu não saberia dizer. – Pois bem, ele quer o coração da esposa todo para si, inclusive o amor que a minha filha deve ter por mim, a sua mãe – e, ele naturalmente admite, o amor pelos outros também! Mas ele quer que chegue a mim através dele, por meio dele, é isso!

AGAZZI
A senhora queira me desculpar, mas isso me parece uma crueldade sem tamanho!

SENHORA FROLA
Não, não, não, crueldade! Não diga crueldade, senhor Conselheiro! É outra coisa, acredite! Não consigo me exprimir... Natureza. É isso. Mas, não, crueldade. Talvez, meu Deus, seja uma espécie de doença, se preferirem. É como uma plenitude de amor – fechada – é isso, sim, exclusiva, na qual a esposa deve viver sem jamais sair e na qual ninguém mais deve entrar.

DINA
Nem mesmo a mãe?

SIRELLI
Um senhor egoísmo, eu diria.

SENHORA FROLA
Talvez. Mas um egoísmo que se dá por inteiro, como um mundo, à própria mulher. Egoísmo, no fundo, seria o meu se quisesse entrar à força nesse mundo recluso de amor mesmo sabendo que a minha filha vive feliz e que é adorada! – Isso, para quem é mãe, minhas senhoras, deve bastar, não é verdade? – Além disso, se eu vejo a minha filha e falo com ela... [*com um movimento gracioso de intimidade*] A cestinha de pão lá do pátio sempre leva para cima e traz para baixo meia dúzia de palavras em cartinhas com as notícias do dia. – Isso me basta. – Agora estou acostumada; resignada, se preferirem! Não sofro mais por isso.

AMÁLIA
É, no final das contas, se o contentamento é geral!

SENHORA FROLA
[*levantando-se*]
Ah, sim! É como eu lhe disse. Além disso, ele é tão bom – podem acreditar! Não poderia ser melhor! – Todos nós temos as nossas fraquezas, e é preciso termos compaixão uns dos outros. [*cumprimenta a senhora Amália*] Minha senhora... [*cumprimenta as senhoras Sirelli e Cini, depois Dina e se dirige ao Conselheiro Agazzi*] Desculpem por algum incômodo.

AGAZZI
Imagine, senhora!? Nós é que agradecemos muito a sua visita.

SENHORA FROLA
[*acena com a cabeça para Sirelli e Laudisi e depois se dirige à senhora Amália*]
Não, por favor... fique aqui... não se incomode, minha senhora.

AMÁLIA
Não é incômodo algum. É meu dever, minha senhora. [*a senhora Frola sai acompanhada pela senhora Amália, que retorna um pouco depois*]

SIRELLI
Que absurdo! Ficaram contentes com a explicação?

AGAZZI
Mas que explicação! Quem sabe que mistério existe por trás disso tudo!

DINA
Mas até a filha, meu Deus!

Pausa.

SENHORA CINI
[*do canto da sala, onde está para esconder o choro, convulsivo*]
As lágrimas lhe tremiam na voz!

AMÁLIA
Certo! Quando disse que subiria mais de cem degraus para abraçar a filha!

LAUDISI
Eu notei foi principalmente um cuidado. Digo mais, um empenho em afastar qualquer suspeita sobre o genro!

SENHORA SIRELLI
O quê? Meu Deus, se ela não sabia como desculpá-lo!

SIRELLI
Mas desculpar o quê? A violência? A barbárie?

Cena Cinco

Os mesmos da cena anterior, o Copeiro e depois o senhor Ponza.

COPEIRO
[*aparecendo na soleira da porta*]
   Senhor Comendador, está aqui o senhor Ponza, que pede para ser recebido.

SENHORA SIRELLI
   Ah! Ele!

Surpresa geral e movimentos ansiosos de curiosidade ou quase de pavor.

AGAZZI
   Recebido por mim?

COPEIRO
   Sim, senhor. Foi o que ele disse.

SENHORA SIRELLI
   Por caridade, receba-o aqui, Comendador! – Tenho um pouco de medo, mas uma grande curiosidade de vê-lo de perto, esse monstro!

AMÁLIA
	O que ele deve querer aqui?

AGAZZI
	Já saberemos. Sentem-se, sentem-se. É preciso estarmos sentados. [*ao Copeiro*] Faça-o entrar.

O Copeiro se curva e sai. O senhor Ponza entra um pouco depois. Atarracado, moreno, de aspecto quase truculento, todo vestido de preto, cabelos pretos abundantes, testa estreita, bigodes pretos espessos. Aperta continuamente os punhos e fala com esforço, ou até com certa violência contida com dificuldade. Às vezes, enxuga o suor com um lenço de listras pretas. Os olhos, enquanto fala, mantêm-se constantemente duros, fixos, tétricos.

AGAZZI
	Entre, entre, senhor Ponza! [*apresentando-o*] O novo secretário, senhor Ponza; a minha esposa – a senhora Sirelli –; Laudisi, meu cunhado. – Sente-se, por favor.

PONZA
	Obrigado. Em um instante, acabo com o transtorno.

AGAZZI
	Quer conversar a sós comigo?

PONZA
	Não, posso... posso falar na frente de todos. Na verdade, tenho o dever de fazer essa declaração.

AGAZZI
Se for por causa da visita da sua sogra, não é necessário porque –

PONZA
– Não é por isso, senhor Comendador. Na verdade, tenho que declarar que a senhora Frola, minha sogra, sem dúvida alguma, teria vindo aqui antes que a sua senhora e a senhorita tivessem tido a bondade de honrá-la com uma visita caso eu não tivesse feito de tudo para impedir que ela viesse, não podendo permitir que ela faça ou receba visitas.

AGAZZI
[*agressivamente ressentido*]
Mas por quê?

PONZA
[*alterando-se cada vez mais apesar do esforço para se conter*]
Minha sogra deve ter falado aos senhores da filha; por acaso, disse que eu a proíbo de vê-la e de subir à minha casa?

AMÁLIA
Não. A senhora teve muita bondade e consideração pelo senhor!

DINA
Só falou bem do senhor!

AGAZZI
E que ela abre mão de subir à casa da filha por respeito a um sentimento seu, que nós francamente, como dissemos a ela, não entendemos.

SENHORA SIRELLI
Na verdade, se tivéssemos dito o que realmente pensamos...

AGAZZI
Sim, que nos pareceu uma crueldade. Isso mesmo: uma verdadeira crueldade!

PONZA
Estou aqui justamente para esclarecer isso, senhor Comendador. A condição dessa mulher inspira muita piedade. Mas a minha não inspira menos, até mesmo pelo fato que me obriga a me desculpar, a explicar a razão de uma desgraça que somente uma violência como essa poderia me fazer desvelar. [*por um momento, olha para todos e depois fala lentamente, escandindo*] A senhora Frola é louca!

TODOS
[*em sobressalto*]
Louca?

PONZA
Há quatro anos.

SENHORA SIRELLI
[*com um grito*]
Meu Deus, mas não parece de modo algum!

AGAZZI
[*confuso*]
Louca? Como?

PONZA
Não parece, mas é louca. E a sua loucura consiste exatamente em acreditar que eu não queira que ela veja a filha. [*com orgasmo de comoção quase feroz e atroz*] Que filha, em nome de Deus, se a filha dela morreu há quatro anos?

TODOS
[*embasbacados*]
Morta? – Oh!... – Mas como? – Morta?

PONZA
Há quatro anos. Ela enlouqueceu exatamente por isso.

SIRELLI
Então, aquela que vive com o senhor?

PONZA
...somos casados há dois anos. É a minha segunda esposa.

AMÁLIA
E a senhora acredita que seja a filha dela?

PONZA
Foi a sorte dela, se é que se pode chamar assim. Da janela do quarto onde a mantínhamos, ela me viu passar pela rua com essa que é minha segunda esposa e começou a rir, a tremer completamente; se ergueu de repente do desespero medonho em que tinha caído para se reencontrar nessa outra loucura, a princípio exultante, abençoada, e depois, aos poucos, mais calma; entretanto, angustiada, em um estado de resignação no qual se pôs por si mesma; e até mesmo contente, como puderam ver. Acredita

obstinadamente que a sua filha não esteja morta, mas que eu a queira toda para mim, sem permitir que ela a veja. É como se estivesse curada. Tanto é assim que, quando a ouvimos falar, não parece louca de modo algum.

AMÁLIA
Realmente! Realmente!

SENHORA SIRELLI
Afinal, ela diz que está contente desse jeito.

PONZA
Diz isso a todos. E tem afeto e gratidão de verdade por mim... porque eu procuro dar a ela o maior apoio possível, mesmo à custa de grandes sacrifícios. Preciso manter duas casas. Obrigo a minha esposa, que, por sorte, se presta com caridade a apoiá-la continuamente nessa ilusão: de que seja a filha dela. Aparece na janela, fala com ela, lhe escreve cartinhas. Mas, convenhamos, o dever também tem limites. Eu não posso forçar a minha esposa a conviver com ela. E, no entanto, é como se estivesse encarcerada a pobre coitada, trancada à chave, com medo de que a senhora Frola entre em nossa casa. Sim, é tranquila e de índole dócil; mas, hão de compreender, as carícias da senhora Frola fariam a minha esposa se arrepiar das solas dos pés às pontas dos cabelos.

AMÁLIA
[*impetuosamente, com horror e piedade ao mesmo tempo*]
Claro! Pobre senhora! Podemos imaginar!

SENHORA SIRELLI
[ao marido e à senhora Cini]
Ah, é ela quem quer – ouviram? – ficar trancada em casa!

PONZA
[para interromper]
Senhor Comendador, o senhor pode entender que não posso, a menos que forçado, consentir nessa visita.

AGAZZI
Entendo, entendo. Sim, sim. Está tudo explicado.

PONZA
Quem tem uma desventura como essa deve viver isolado. Como tive que concordar com a vinda da minha sogra aqui, era minha obrigação também fazer essa declaração diante de todos os presentes. Digo isso por respeito ao posto que ocupo; porque, como servidor público, não me convém que a cidade acredite num tamanho disparate; que, por ciúme ou qualquer outro sentimento, eu proíba a minha sogra de ver sua filha. [*levanta-se*] Senhor Comendador! [*curva o tronco diante dele e depois a cabeça diante de Laudisi e Sirelli*] Senhores. [*sai pela saída principal*]

AMÁLIA
[embasbacada]
É louca, então!

SENHORA SIRELLI
Pobre coitada! Louca!

DINA
É por isso! Ela acredita que é mãe de uma criatura que não é filha dela! [*esconde o rosto com as mãos por horror*] Ai, meu Deus!

SENHORA CINI
Quem diria!

AGAZZI
Só que... do modo que ela falava –

LAUDISI
– você já tinha entendido?

AGAZZI
Não. Mas uma coisa é certa... ela tinha dificuldade em se expressar!

SENHORA SIRELLI
Pudera, coitadinha: ela não raciocina.

SIRELLI
Mas, atenção: é estranho para uma louca! Ela não raciocinava, é verdade! Porém, aquele empenho em explicar o porquê de o genro não lhe dar autorização para ver a filha e em desculpá-lo e em adaptar-se às desculpas encontradas por ela própria...

AGAZZI
É impressionante! Na verdade, essa é a prova de que ela é louca! Essa busca de desculpas para o genro sem conseguir encontrar nenhuma que seja viável.

AMÁLIA
É mesmo! Ela dizia e se desdizia.

AGAZZI
[*a Sirelli*]
E lhe parece que, se não fosse louca, ela poderia aceitar essas condições de só ver a filha na janela, dando a desculpa do amor mórbido do marido, que quer a filha dela só para ele?

SIRELLI
Claro. E como louca, ela as aceita? E se resigna? Isso me parece estranho; me parece estranho. [*a Laudisi*] E você, o que diz?

LAUDISI
Eu? Nada.

Cena Seis

Copeiro, os mesmos da cena anterior e depois a senhora Frola.

COPEIRO
[*curvando-se na saída e posicionando-se na soleira da porta, perturbado*]
Com licença? A senhora Frola está aqui novamente.

AMÁLIA
Ai, meu Deus, e agora? Será que não vamos mais conseguir nos livrar dela?

SENHORA SIRELLI
Entendo. Agora que nós sabemos que ela é louca!

SENHORA CINI
Meu Deus, que será que ela vem nos dizer desta vez? Como eu gostaria de escutá-la!

SIRELLI
Eu também tenho curiosidade. Não estou convencido de que seja louca.

DINA
Mamãe, eu não acho que seja preciso ter medo dela: é tão tranquila!

AGAZZI
Temos de recebê-la, é óbvio. Vamos ver o que ela quer. Se ela se alterar, estaremos preparados. Mas sentados, sentados. É preciso que estejamos sentados. [*ao Copeiro*] Faça-a entrar.

O Copeiro se retira.

AMÁLIA
Ajudem-me, por favor! Agora eu não sei mais como falar!

A senhora Frola entra novamente. Com medo, a senhora Amália vai em direção a ela; os outros a olham assustados.

SENHORA FROLA
Com licença.

AMÁLIA
Entre, entre, minha senhora. As minhas amigas ainda estão aqui, como pode ver...

SENHORA FROLA
[*com tristíssima afabilidade, sorrindo*]
... me olhando, do mesmo jeito que a senhora, como se eu fosse uma pobre louca, não é verdade?

AMÁLIA
Não, senhora. O que é isso?

SENHORA FROLA
[*com ressentimento profundo*]
   Ah, melhor a grosseria de ter lhe deixado plantada na porta, como fiz na primeira vez. Jamais teria imaginado que a senhora me obrigaria a fazer essa visita, cujas consequências eu, infelizmente, já previa.

AMÁLIA
   Mas o que é isso? Acredite: nós temos prazer em rever a senhora.

SIRELLI
   A senhora se aflige... não sabemos por quê; deixemos que a senhora diga.

SENHORA FROLA
   O meu genro não acabou de sair daqui?

AGAZZI
   Ah, sim! Mas veio... veio, senhora, para falar comigo sobre... sobre coisas do escritório... foi isso.

SENHORA FROLA
[*ferida, consternada*]
   Essa mentira piedosa que o senhor diz para me tranquilizar...

AGAZZI
   Não, não, senhora, esteja certa; estou lhe dizendo a verdade.

SENHORA FROLA
[*mesmo estado anterior*]
   Ele estava calmo pelo menos? Falou com calma?

AGAZZI
Sim. Calmo, calmíssimo, não é verdade?

Todos assentem com a cabeça.

SENHORA FROLA
Ai, meu Deus, os senhores acreditam que estão me tranquilizando. Mas sou eu quem gostaria de tranquilizar os senhores com respeito ao que ele contou.

SENHORA SIRELLI
E sobre o quê, senhora, se lhe repetimos que...

AGAZZI
Falou comigo sobre coisas do escritório...

SENHORA FROLA
Mas eu vejo como me olham! Tenham paciência. Não é por mim! Do modo que me olham concluo que ele veio aqui disposto a provar aquilo que eu jamais teria revelado nem por todo o ouro do mundo! Todos são testemunhas que eu, aqui, agora há pouco, diante das suas perguntas, que – acreditem – foram muito cruéis para mim, não soube como responder; e falei-lhes do meu modo de viver; e, sobre esse nosso modo de viver, lhes dei uma explicação que não pode satisfazer ninguém – reconheço. Mas acham que eu poderia lhes dizer a verdadeira razão? Ou poderia dizer-lhes, como ele diz por aí, que a minha filha está morta há quatro anos e que eu sou uma louca que acredita que ela ainda está viva e que ele não quer me deixar vê-la?

AGAZZI
[*aturdido com o profundo tom de sinceridade com que a senhora Frola fala*]
Mas como? A sua filha?

SENHORA FROLA
[*de repente, com ânsia*]
Veem como é verdade? Por que querem esconder isso de mim? Ele disse isso.

SIRELLI
[*hesitando e estudando-a*]
Sim... na verdade... ele disse...

SENHORA FROLA
Eu sabia! E infelizmente sei que tormento faz com que ele se veja pressionado a dizer isso de mim. É uma desgraça, senhor Conselheiro, que só a custo de tantas dores e privações foi superada; mas só assim, mantendo o pacto com que vivemos. Entendo, sim, que deve chamar a atenção das pessoas, provocar escândalo, suspeita. Por outro lado, se ele é um ótimo funcionário, zeloso, escrupuloso... O senhor deve tê-lo testado, não?

AGAZZI
Não, para dizer a verdade, ainda não tive a oportunidade.

SENHORA FROLA
Pelo amor de Deus, não julgue pelas aparências! Ele é ótimo; foi o que declararam todos os superiores dele. E por que se deve ainda atormentá-lo com essa indagação sobre a sua vida

familiar, sobre a sua desgraça já superada, repito, e que, uma vez revelada, poderia comprometer a carreira dele?

AGAZZI
A senhora não precisa se afligir desse jeito, minha senhora. Ninguém quer comprometer a carreira dele.

SENHORA FROLA
Meu Deus, como quer que eu não me aflija, convenhamos, vendo o meu genro obrigado a dar uma explicação absurda! e horrível também! Podem acreditar seriamente que a minha filha esteja morta? que eu seja louca? que essa que está com ele seja uma segunda esposa? Ele tem necessidade, acreditem, de se exprimir desse jeito! Somente através desse pacto ele conseguiu resgatar a calma, a confiança. Porém, ele mesmo percebe a enormidade do que diz e, obrigado a se explicar, se irrita, se transtorna: devem ter visto!

AGAZZI
Sim, ele estava... estava um pouco irritado.

SENHORA SIRELLI
Ai, meu Deus, então é ele?

SIRELLI
Mas, sim, tem de ser ele! [*triunfante*] Senhoras e senhores, eu lhes disse isso!

AGAZZI
Mas será possível?

Todos tomados de forte agitação.

SENHORA FROLA
[*repentinamente juntando as mãos*]
  Não, por favor, senhores! O que creem? É só uma tecla que não se deve tocar! Convenhamos, acham que eu realmente deixaria a minha filha com ele se fosse louco? E quanto à prova disso, senhor Conselheiro, está no escritório, onde ele cumpre o dever com capricho insuperável.

AGAZZI
  Ah, mas é necessário que a senhora nos explique claramente em que pé estão as coisas! É possível que o seu genro tenha inventado toda essa história?

SENHORA FROLA
  Sim, senhor; vou explicar tudo. Mas é necessário que tenham compaixão, senhor Conselheiro!

AGAZZI
  Mas como? Não é verdade então que a sua filha esteja morta?

SENHORA FROLA
[*com horror*]
  Oh, não. Deus me livre!

AGAZZI
[*irritadíssimo, gritando*]
  Então, o louco é ele!

SENHORA FROLA
[*com tom de súplica*]
  Não, não... me ouça...

SIRELLI
[*triunfante*]
Mas, sim, por Deus, tem que ser ele!

SENHORA FROLA
Não, vejam bem... vejam bem! Ele não é... não é louco! Deixem que eu explique! Como viram, ele é robusto, violento. Ao se casar, foi tomado por uma verdadeira febre amorosa. Quase destruiu a minha filha, que era delicada. A conselho do médico e de todos os parentes, inclusive dos seus (que agora, pobres coitados, não existem mais!), foi necessário retirá-la dele às escondidas para interná-la em uma casa de saúde. E então ele, já um pouco alterado, naturalmente, por causa de seu... amor excessivo, dando por falta dela... ah, minhas senhoras, mergulhou em um desespero furioso; acreditou seriamente que a esposa estivesse morta; não quis mais ouvir nada; quis se vestir de preto; fez tantas loucuras; e não houve meio de fazê-lo mudar de ideia. Tanto que, quando (depois de apenas um ano) a minha filha lhe foi reapresentada, já recuperada, restabelecida, ele disse que não, que não era mais ela; não, não; ele a olhava – não era mais ela. Ah, minhas senhoras, que dilaceração! Ele se aproximava dela; parecia que a reconhecia, depois de novo, não, não... E para que ele se recuperasse, com a ajuda dos amigos, tivemos que simular um segundo casamento.

SENHORA SIRELLI
Ah, a senhora quer dizer que...

SENHORA FROLA
Sim, mas já há um bom tempo que nem ele mesmo acredita nisso. Ele tem, sim, a necessidade de dar a entender que é desse jeito; não pode abrir mão disso! Para ficar seguro, entendem? Porque talvez, de vez em quando, ainda lhe venha à mente que a esposa lhe possa ser tomada de novo. [*em voz baixa, sorrindo confidencialmente*] Ele a mantém trancada exatamente por isso. Mas a adora. Estou certa. E a minha filha está contente. [*levanta-se*] Vou embora. Não posso arriscar que ele volte de repente à minha casa, nervoso do jeito que está. [*suspira com docilidade, sacudindo as mãos juntas*] É preciso paciência! Aquela pobre coitada deve fingir que não é ela, mas outra; e eu... ah! eu, ser louca, minhas senhoras! Mas como? Desde que ele esteja tranquilo! Não se incomodem, por favor, sei o caminho. Com todo o respeito, senhores.

Cumprimentando e se curvando, se retira apressadamente pela saída comunal.

Todos permanecem em pé, espantados, como se estivessem desfalecidos, olhando-se nos olhos com muita atenção. Silêncio.

LAUDISI
[*colocando-se entre eles*]
Todos olhando um no olho do outro, hein? É! A verdade? [*começa a gargalhar*] Ah! Ah! Ah! Ah!

Segundo ato

Cena Um

Escritório na casa do Conselheiro Agazzi. Móveis antigos; velhos quadros nas paredes; saída ao fundo, com tenda; saída lateral à esquerda, também com tenda, que dá para a saleta; à esquerda, uma lareira ampla, sobre cuja mísula se apoia um grande espelho; sobre a escrivaninha, há um aparelho telefônico; há ainda um pequeno divã, uma poltrona, cadeiras etc. Agazzi, Laudisi, Sirelli. Agazzi está em pé perto da escrivaninha, com o receptor do aparelho telefônico no ouvido. Laudisi e Sirelli, sentados, olham para ele, à espera.

AGAZZI
Alô! – Sim. – Falo com Centuri? – Pois bem. – Sim, bom serviço! [*ouve longamente e depois...*] Como? Ah, não. Mas será possível? [*ouve longamente outra vez e depois*] É... entendo. Mas se realmente nos empenharmos nisso... [*outra pausa longa e depois*] Mas é realmente estranho que não se possa... [*pausa*] Entendo, sim... entendo. [*pausa*] É o bastante. Veja bem... Até logo. [*pousa o receptor e caminha para a frente*]

SIRELLI
[*ansioso*]
E então?

AGAZZI
Nada.

SIRELLI
Não se encontra nada?

AGAZZI
Tudo espalhado ou destruído: Arquivo Público Municipal, Cartório de Registro Civil...

SIRELLI
Mas nem o testemunho de algum sobrevivente?

AGAZZI
Não se tem notícia de sobreviventes. E se ainda houver sobreviventes, os rastreamentos são dificilíssimos!

SIRELLI
Desse modo não nos resta senão acreditar num ou no outro, assim, sem provas?

AGAZZI
Infelizmente!

LAUDISI
[levantando-se]
Querem seguir o meu conselho? Acreditem nos dois.

AGAZZI
Sim, e como –

SIRELLI
– se uma diz branco e o outro diz preto?

LAUDISI
Então não acreditem em nenhum dos dois!

SIRELLI
Está brincando? Faltam as provas, os dados de fato, mas a verdade, por Deus, tem de estar de um lado ou do outro!

LAUDISI
Os dados de fato: sei! O que você gostaria de deduzir deles?

AGAZZI
Um momento! A certidão de óbito da filha, por exemplo, se a senhora Frola é a louca (infelizmente não se encontra mais, porque simplesmente não se encontra mais nada), mas deveria existir; poderiam encontrá-la amanhã; e então – uma vez encontrada essa certidão – é claro que quem teria razão seria ele, o genro.

SIRELLI
Você poderia negar a evidência se amanhã essa certidão fosse apresentada?

LAUDISI
Eu? Mas eu não estou negando coisa alguma! Olho a questão com bons olhos! Vocês, não eu, têm necessidade dos dados de fato, dos documentos, para afirmar ou negar. Eu não saberia o que fazer com isso porque, para mim, a realidade não consiste nisso, mas, sim, nas almas desses dois, nas quais eu não posso sequer pretender adentrar, senão até onde eles me disserem.

SIRELLI
Muito bem! Não dizem que um dos dois é louco? Ou é louca ela, ou é louco ele: não há escapatória. Qual dos dois?

AGAZZI
É essa a questão!

LAUDISI
Antes de tudo, não é verdade que ambos dizem isso. O senhor Ponza diz isso da sogra. A senhora Frola nega isso, não somente em relação a si mesma, mas também em relação a ele. No máximo, segundo ela, ele ficou com a mente um pouco alterada por conta do amor excessivo. Mas agora está são, saníssimo.

SIRELLI
Ah, então você tende, como eu, a acreditar no que diz ela, a sogra?

AGAZZI
É claro que, se acreditarmos no que ela disse, pode-se explicar tudo muito bem.

LAUDISI
Mas pode-se explicar tudo igualmente bem se acreditarmos no que diz ele, o genro!

SIRELLI
Então – louco – nenhum dos dois? Mas um dos dois deve ser, por Deus.

LAUDISI
E qual dos dois? Vocês não podem dizê-lo, como não pode dizê-lo ninguém. E não porque esses dados de fato que estão procurando estejam anulados – espalhados ou destruídos – por um acidente qualquer – um incêndio, um terremoto, não; mas, sim,

porque eles mesmos os anularam, nas almas deles, entendem?, criando ele para ela, ou ela para ele, um fantasma que tem a mesma consistência da realidade, na qual eles vivem agora em acordo perfeito, pacificados. E essa realidade não poderá ser destruída por documento algum porque eles estão dentro dela, a veem, a sentem, a tocam! – Além disso, a documentação que falta pode servir só para matar uma curiosidade fútil. Vocês têm que amargar essa lacuna, amaldiçoados ao maravilhoso suplício de ter diante de vocês tanto o fantasma quanto a realidade, e de não poder distinguir um do outro!

AGAZZI
Filosofia, cara filosofia! Veremos, veremos agora se não será possível!

SIRELLI
Ouvimos primeiro um, depois o outro; agora, colocando os dois juntos, um diante do outro, há como não se descobrir onde esteja o fantasma e onde esteja a realidade?

LAUDISI
Peço licença a vocês para continuar rindo no fim.

AGAZZI
Tudo bem. Tudo bem. Veremos quem vai rir melhor no fim. Não percamos tempo! [*vai até a saída da esquerda e chama*] Amália, senhora, venham, venham aqui!

Cena Dois

Senhora Amália, senhora Sirelli, Dina e os mesmos da cena anterior.

SENHORA SIRELLI
[*a Laudisi, ameaçando-o com um dedo*]
Mas o senhor, o senhor ainda?

SIRELLI
É incorrigível!

SENHORA SIRELLI
A essa altura dos acontecimentos, o senhor ainda não se deixou tomar pela angústia de penetrar nesse mistério que pode até nos enlouquecer todos? Eu não dormi essa noite!

AGAZZI
Pelo amor de Deus, minha senhora, não leve isso tão a sério!

LAUDISI
Siga o conselho do meu cunhado que o sono acaba vindo esta noite!

AGAZZI
Vamos traçar um plano de ação: vocês vão visitar a senhora Frola...

AMÁLIA
Será que ela nos recebe?

AGAZZI
Meu Deus, eu diria que sim.

DINA
É nosso dever retribuir a visita.

AMÁLIA
Mas se ele não permite que a senhora Frola faça nem receba visitas?

SIRELLI
Antes, sim! Porque ainda não se sabia nada. Mas agora que a sogra, sob pressão, falou, explicando ao modo dela a razão para o seu comportamento reservado...

SENHORA SIRELLI
[logo em seguida]
... talvez tenha até prazer de nos falar da filha.

DINA
Ela é tão afável! – ah, eu não tenho dúvida; fiquem sabendo: o louco é ele!

AGAZZI
Não nos precipitemos; não precipitemos o julgamento. Então, me escutem. [olha o relógio] Fiquem lá por pouco tempo: quinze minutos; não mais que isso.

SIRELLI
[olhando para a esposa]
    Por favor, fique atenta!

SENHORA SIRELLI
[furiosa]
    E por que você diz isso para mim?

SIRELLI
    Porque, quando você começa a falar...

DINA
[para evitar uma briga entre os dois]
    Quinze minutos, quinze minutos. Cuidarei disso!

AGAZZI
    Vou à Prefeitura e retorno aqui por volta das onze. Daqui a uns vinte minutos.

SIRELLI
[impaciente]
    E eu?

AGAZZI
    Um momento. [à esposa] Com uma desculpa, vocês induzirão a senhora Frola a vir aqui.

AMÁLIA
    E com que desculpa?

AGAZZI
Uma desculpa qualquer! Vocês a encontrarão conversando... Vocês não têm uma desculpa? Então não são mulheres que se prezem! Tem a Dina; tem a senhora... Entretenham a senhora Frola na saleta. [*dirige-se à saída da esquerda e a abre bem, afastando a cortina*] Esta saída deve permanecer assim – bem aberta – assim! de modo que daqui se ouça o que se fala. Sobre a escrivaninha, eu deixo estes papéis, que deveria levar comigo. É um memorando preparado justamente para o senhor Ponza. Finjo que esqueci o memorando e, com esse pretexto, o trago aqui. Então...

SIRELLI
[*impaciente*]
Desculpe-me, mas e eu? Quando eu devo chegar?

AGAZZI
Você, um pouco depois das onze, quando as senhoras já estiverem na saleta, e eu aqui com ele. Venha buscar a sua esposa. Peça para ser apresentado. Então, eu convido todos a compartilharem da nossa hospitalidade...

LAUDISI
[*de repente*]
... e a verdade será descoberta!

DINA
Veja bem, titio, quando estiverem ambos frente a frente...

AGAZZI
Não prestem atenção nele, meu Deus! Vão, vão. Não temos tempo a perder!

SENHORA SIRELLI
Sim, vamos. Nem perco meu tempo em cumprimentá-lo!

LAUDISI
Eu me cumprimento pela senhora! [*aperta a própria mão*] Boa sorte!

Amália, Dina e a senhora Sirelli se vão.

AGAZZI
[*a Sirelli*]
Vamos nós também, hã? Já.

SIRELLI
Sim, vamos. Até logo, Lamberto.

LAUDISI
Até logo.

Agazzi e Sirelli vão embora.

Cena Três

Laudisi sozinho. Depois entra o Copeiro.

LAUDISI
[*caminha um pouco em círculo pelo escritório, zombando consigo mesmo e meneando a cabeça; depois vai para a frente do espelho sobre a mísula da lareira, olha a própria imagem e fala com ela*] Ah, você está aí. [*cumprimenta a imagem com dois dedos, piscando o olho maliciosamente e escarnecendo*] É, meu caro, quem de nós dois é o louco? [*ergue uma das mãos com o indicador apontando contra sua imagem, que, por sua vez, aponta o dedo em direção a ele*] É, eu sei, eu digo: "você", e você com o dedo indica a mim. – Que maravilha que, assim, face a face, nos conheçamos tão bem! O problema é que o modo como eu vejo você não é o mesmo como veem os outros! E então, meu caro, o que você se torna? Digo para mim que aqui, diante de você, me vejo e me toco – você – como veem os outros! – o que você se torna? – Um fantasma, meu caro, um fantasma! – Ainda assim, vê esses loucos? Sem prestarem atenção ao fantasma que trazem consigo mesmos, vão correndo, cheios de curiosidade, atrás do fantasma alheio! E acreditam que seja uma coisa diversa.

O Copeiro entra e se põe a ouvir perplexo as últimas palavras de Laudisi ao espelho. Depois chama:

COPEIRO
Senhor Lamberto.

LAUDISI
Sim?

COPEIRO
Duas senhoras estão aqui: a senhora Cini e uma outra.

LAUDISI
Querem me ver?

COPEIRO
Perguntaram pela senhora Amália. Eu disse que elas estavam visitando a senhora Frola, aqui ao lado, e então...

LAUDISI
E então?

COPEIRO
Elas se olharam nos olhos, bateram com as luvas nas mãos: "Ah, sim? Ah, sim?", e me perguntaram, impacientes, se não havia realmente ninguém em casa.

LAUDISI
E você certamente respondeu que não.

COPEIRO
Eu respondi que o senhor estava em casa.

LAUDISI
Eu? Não. No máximo, aquele que elas conhecem.

COPEIRO
[*mais perplexo do que nunca*]
O que disse?

LAUDISI
Desculpe pela pergunta, mas parece o mesmo a você?

COPEIRO
[*perplexíssimo, tentando esboçar um sorriso com a boca aberta*]
Não entendo.

LAUDISI
Com quem você está falando?

COPEIRO
[*atônito*]
Como... com quem estou falando? Com o senhor...

LAUDISI
E você tem certeza de que eu sou aquele com quem essas senhoras querem falar?

COPEIRO
Hum... não sei. Elas disseram "o irmão da senhora".

LAUDISI
Ah, meu caro! Então, sou eu. Diga para elas entrarem...

O Copeiro se retira, olhando para trás muitas vezes como se não acreditasse mais em seus olhos.

Cena Quatro

Laudisi, senhora Cini e senhora Nenni.

SENHORA CINI
  Com licença?

LAUDISI
  Entre, entre, senhora.

SENHORA CINI
  Disseram que a senhora não está. Eu trouxe comigo a senhora Nenni [*apresenta-a: é uma velha ainda mais gorda que ela, igualmente cheia de curiosidade, cautelosa e perturbada*], que deseja tanto conhecer a senhora...

LAUDISI
  [*de repente*]
  ... Frola?

SENHORA CINI
  ... não, não: a sua irmã!

LAUDISI
Ah, ela já vem aí. E também a senhora Frola. Queiram se sentar, por favor. [*convida-as a se sentarem no divã e depois senta-se graciosamente entre elas*] Com licença? Esse divã dá para nós três nos sentarmos confortavelmente. Quem está lá também é a senhora Sirelli.

SENHORA CINI
Sabemos: o Copeiro nos informou.

LAUDISI
Tudo orquestrado, sabem? Ah, será uma cena daquelas, mas daquelas! Daqui a pouco, às onze. Aqui.

SENHORA CINI
[*confusa*]
Orquestrado? O que está orquestrado?

LAUDISI
[*misterioso, primeiramente com gesto, apontando com os dedos indicadores; depois com a voz*]
O encontro! [*gesto de admiração, depois*] Uma grande ideia!

SENHORA CINI
Que... que encontro?

LAUDISI
Dos dois. Primeiro, ele entrará aqui.

SENHORA CINI
O senhor Ponza?

LAUDISI
Sim, e ela será conduzida até lá.

SENHORA CINI
A senhora Frola?

LAUDISI
Sim, senhora. [*retomando o ar misterioso, primeiramente com um gesto expressivo da mão, depois com a voz*] Mas depois, todos dois aqui, um de frente para o outro, e nós, ao redor, vendo e escutando. Uma grande ideia!

SENHORA CINI
Para descobrir?...

LAUDISI
... a verdade! Mas que já se sabe qual é. Só falta desmascará-la.

SENHORA CINI
[*com surpresa e ansiosíssima*]
Ah! Já se sabe! E quem é quem dos dois? Quem é?

LAUDISI
Vejamos. Tente adivinhar. O que a senhora me diz?

SENHORA CINI
[*exultante e hesitante*]
Mas... eu... então...

LAUDISI
Ela ou ele? Vejamos... Tente adivinhar... Coragem!

SENHORA CINI
Eu digo que é ele!

LAUDISI
[olha um pouco para ela e depois]
É ele!

SENHORA CINI
[exultante]
Sim? Ah! É isso! É isso! Tinha que ser ele!

SENHORA NENNI
[exultante]
Ele! – É, todas nós, mulheres, dizíamos isso!

SENHORA CINI
E como se soube? Descobriram-se provas, não foi? Certidões.

SENHORA NENNI
Através da polícia, certo? Nós estávamos dizendo isso. Não era possível que não se viesse a descobrir através das autoridades municipais!

LAUDISI
[com as mãos, faz sinal para que elas se aproximem mais dele; depois diz a elas voz baixa, em tom de mistério, quase pesando as sílabas]
A certidão do segundo casamento.

SENHORA CINI
[*como se estivesse recebendo um soco no nariz*]
Do segundo?

SENHORA NENNI
[*desconcertada*]
Como? Como? Do segundo casamento?

SENHORA CINI
[*recuperando-se, contrariada*]
Mas então... então, quem teria razão seria ele?

LAUDISI
É! As tais provas, minhas senhoras! A certidão do segundo casamento – pelo que parece – é clara.

SENHORA NENNI
[*quase chorando*]
Então, a louca é ela!

LAUDISI
É, ao que parece, sim.

SENHORA CINI
Mas como? Primeiro, o senhor disse que era ele e agora diz que é ela?

LAUDISI

Sim, porque a certidão, minha senhora, essa certidão do segundo casamento pode ser, como afirmou a senhora Frola, só aparentemente uma certidão. Não sei se me explico bem: de mentirinha, com a ajuda dos amigos, para reforçar a sua obsessão de que a esposa não fosse mais aquela, mas outra.

SENHORA CINI

Ah, mas então uma certidão assim, sem valor?

LAUDISI

Bem... quer dizer... com o valor, minhas senhoras, com o valor que cada um lhe quiser dar! Não existem também, convenhamos, as cartinhas que a senhora Frola diz receber todos os dias da filha através da cestinha de pão, lá no pátio? Essas cartas existem, não existem?

SENHORA CINI

Sim, e daí?

LAUDISI

Daí que são documentos, senhora! Documentos: também essas cartinhas! Mas de acordo com o valor que a senhora queira dar a eles! Vem o senhor Ponza e diz que são de mentirinha, feitas para reforçar a obsessão da senhora Frola.

SENHORA CINI

Mas então, meu Deus, de certo mesmo, nada se sabe!

LAUDISI
Como nada? Como nada? Veja bem: os dias da semana quantos são?

SENHORA CINI
Essa é boa! Sete.

LAUDISI
Segunda-feira, terça-feira, quarta-feira...

SENHORA CINI
[*convidada a prosseguir*]
... quinta-feira, sexta-feira, sábado...

LAUDISI
... e domingo! [*dirigindo-se à outra*] E os meses do ano?

SENHORA NENNI
Doze!

LAUDISI
Janeiro, fevereiro, março...

SENHORA CINI
Já entendemos! O senhor quer se divertir às nossas custas!

Cena Cinco

Os mesmos da cena anterior e Dina.

DINA
[*chegando com pressa da saída ao fundo*]
 Titio, por favor... [*para, quando vê a senhora Cini*] Oh, a senhora aqui?

SENHORA CINI
 Sim, vim com a senhora Nenni...

LAUDISI
 ... que deseja tanto conhecer a senhora Frola.

SENHORA NENNI
 Não, há um engano...

SENHORA CINI
 Continua a nos ridicularizar! Ele já nos sabatinou, sabe? como quando se entra em uma estação: é um tal troca-troca de trilhos, desviando-os pra lá e pra cá, sem parar! Estamos atordoadas.

DINA
Oh, como o senhor tem sido malvado, conosco também! Só nos cabe ter paciência. Não é preciso mais nada. Vou dizer à mamãe que elas estão aqui e pronto. – Ah, tio, se você a ouvisse falar: que tesouro de velhinha! Como fala bem! Que bondade! – E que casinha toda arrumada, linda... tudo no capricho; os paninhos brancos sobre os móveis... e nos mostrou todas as cartinhas da filha.

SENHORA CINI
É... mas... como estava dizendo o senhor Laudisi...

DINA
E o que é que ele sabe? Não as leu.

SENHORA NENNI
Não podem ser de mentirinha?

DINA
Mas que de mentirinha! Não deem atenção a ele. Por acaso, as mães se enganam quanto ao jeito de se expressar da própria filha? A última cartinha, de ontem... [*ao ouvir um burburinho na saleta ao lado, através da saída que permanece aberta, interrompe o discurso*] Ah, já estão aqui, sem dúvida. [*dirige-se à saída da saleta para olhar*]

SENHORA CINI
[*correndo atrás dela*]
Com ela? Com a senhora Frola?

DINA
Sim, venham, venham. É preciso que estejamos todos na saleta. Já são onze horas, tio?

Cena Seis

Os mesmos e a senhora Amália.

AMÁLIA
[*vindo agitada da saída da saleta*]
A essa altura dos acontecimentos, poderíamos parar por aqui! Não temos mais necessidade de provas!

DINA
Concordo! Agora é inútil!

AMÁLIA
[*cumprimentando a senhora Cini com pressa, dor e ansiedade*]
Minha cara senhora!

SENHORA CINI
[*apresentando a senhora Nenni*]
A senhora Nenni, veio comigo para...

AMÁLIA
[*cumprimentando a senhora Nenni com pressa também*]
Prazer, minha cara senhora! [*depois*] Não temos mais dúvida! É ele!

SENHORA CINI
Então, é ele, não é?

DINA
Se pudéssemos avisar o papai e poupar a senhora Frola desse constrangimento.

AMÁLIA
Pois é! Mas ela já foi levada para lá! Fica parecendo traição!

LAUDISI
Que falta de dignidade! Vocês têm toda a razão! Tanto que começa a me parecer que deve ser ela! Ela, com certeza!

AMÁLIA
Ela? Você não sabe o que diz!

LAUDISI
Ela, ela, ela.

AMÁLIA
De jeito nenhum!

DINA
Estamos completamente convencidas do contrário!

SENHORA CINI e SENHORA NENNI
[*radiantes*]
É isso mesmo!

LAUDISI
Mas é exatamente porque têm tanta certeza disso!

DINA
Vamos embora. Não estão vendo que ele faz isso de propósito?

AMÁLIA
Vamos, vamos, minhas senhoras. [*diante da saída da esquerda*] Por aqui, por favor.

Saem a senhora Cini, a senhora Nenni e Amália. Dina se aproxima da saída.

LAUDISI
[*chamando-a em sua direção.*]
Dina!

DINA
Não vou dar ouvidos a você! Não, não!

LAUDISI
Feche esta saída se você acha que agora a prova é inútil.

DINA
E o papai? Foi ele quem deixou esta saída aberta assim. Ele está para chegar com aquele sujeito. Se encontrasse a saída fechada... Você sabe como o papai é!

LAUDISI
Mas vocês (você especialmente) podem convencê-lo de que não é mais necessário manter a saída aberta. Você não está convencida?

DINA
Mais do que convencida!

LAUDISI
[*com um sorriso desafiador*]
Então, feche a saída!

DINA
Você quer ter o prazer de me ver duvidando novamente. Não fecho. Mas só por causa do papai.

LAUDISI
[*ainda com sorriso desafiador*]
Você quer que eu feche?

DINA
Sob sua responsabilidade!

LAUDISI
Mas, ao contrário de você, eu não tenho certeza de que o louco é ele.

DINA
Então, vá até a saleta, ouça a senhora Frola, como ouvimos nós, e não terá mais dúvida alguma. Vamos?

LAUDISI
Eu vou. E posso fechar a saída sob minha responsabilidade.

DINA
Está vendo? Até mesmo antes de ouvi-la!

LAUDISI
Não, querida. Porque estou certo de que seu pai, a essa hora, pensa, como vocês, que essa prova seja inútil.

DINA
Tem certeza?

LAUDISI
Claro que sim! Está falando com ele! Sem dúvida alguma, terá chegado à conclusão de que a louca é ela. [*vai para a saída com pressa*] Fecho.

DINA
[*num gesto rápido, impede-o*]
Não. [*depois, repensando*] Desculpe. Se você pensa desse jeito, vamos deixar a saída aberta...

LAUDISI
[*ri como de costume.*]
Ah, ah, ah...

DINA
Digo isso por causa do papai!

LAUDISI
E o papai vai dizer por causa de vocês. Deixemos a saída aberta.

No piano da saleta ao lado, ouve-se tocar uma antiga ária cheia de uma graça doce e melancólica da ópera Nina louca por amor, *de Paisiello.*

DINA
Ah, você está escutando? É ela quem está tocando!

LAUDISI
A velhinha?

DINA
Sim, nos disse que a filha, antigamente, tocava sempre essa ária. Percebe com quanta doçura ela toca? Vamos, vamos.

Ambos se retiram pela saída da esquerda.

Cena Sete

Agazzi, o senhor Ponza, e depois Sirelli. A cena, assim que saem Laudisi e Dina, fica vazia por um momento. O som do piano continua. O senhor Ponza, entrando pela saída ao fundo com o Conselheiro Agazzi, ao ouvir a música, fica profundamente perturbado, cada vez mais à proporção que a cena se desenvolve.

AGAZZI
[*em frente à saída do fundo*]
   Entre, entre, por favor. [*indica o caminho para o senhor Ponza entrar e se dirige à escrivaninha para pegar os papéis que fingiu ter esquecido ali*] Devo ter esquecido os papéis por aqui. Sente-se, por favor. [*o senhor Ponza fica em pé, olha inquieto para o salão de onde vem o som do piano*] Ah, ah! Aqui estão eles, enfim. [*pega os papéis e se dirige ao senhor Ponza, desfolhando-os*] É uma disputa, como lhe disse, complicada, que se arrasta por anos. [*ele também começa a olhar o salão como que incomodado pelo som do piano*] Mas essa música! Justamente agora! [*faz um gesto de desprezo ao voltar-se como quem diz para si mesmo: – Que burras!*] Quem está tocando? [*olha pela saída em direção à saleta; nota a senhora Frola ao piano e faz um gesto de admiração*] Ah! Veja só!

PONZA
[*aproximando-se de Agazzi, nervoso*]
   Por Deus! É ela! É ela quem está tocando!

AGAZZI
   Sim, sua sogra! E como toca bem!

PONZA
Mas a trouxeram aqui novamente? E ainda lhe pedem para tocar?

AGAZZI
Não vejo mal nenhum nisso!

PONZA
Não, essa música, não! É a música que a filha dela tocava!

AGAZZI
Ah, talvez lhe faça mal ouvi-la tocar!

PONZA
A mim, não! Faz mal a ela! Um mal incalculável! Até já disse ao senhor, Conselheiro Agazzi, as condições dessa pobre infeliz...

AGAZZI
[*procurando acalmá-lo em sua agitação sempre crescente*]
... sim, sim, mas veja...

PONZA
[*continuando*]
... que ela deve ser deixada em paz! Que não pode receber nem fazer visitas! Só eu sei, só eu sei como se deve tratá-la! Assim, a estão arruinando!

AGAZZI
Mas por quê? As mulheres de minha família e suas amigas também sabem como tratá-la... [*interrompe a sua fala assim que a música cessa na saleta, de onde vem agora um coro de aprovações*] Não estou dizendo? Ouça...

De dentro ouvem-se distintamente essas falas:

DINA
Mas a senhora ainda toca muito bem!

SENHORA FROLA
Eu? Não! A minha filha, Lina, sim! Deveriam ouvir como a Lina toca!

PONZA
[*tremendo, apertando as mãos*]
A sua Lina! O senhor ouviu? Ela diz "a sua Lina"!

AGAZZI
Sim, a sua filha.

PONZA
Mas ela diz "toca"! diz "toca"!

Novamente, ouvem-se falas distintas vindas da saleta.

SENHORA FROLA
É verdade. Ela não pode mais tocar desde então! Talvez seja essa a sua maior dor, pobrezinha!

AGAZZI
Parece natural que assim seja... acredita que a filha ainda esteja viva...

PONZA
Mas não se deve agir desse jeito! Não se deve... não se deve dizê-lo... Ouviu? Desde então... Ela disse "desde então"! Pelo piano! Ela não sabe! Pelo piano da pobre defunta!

Sirelli, que ouve as últimas palavras de Ponza e nota nelas uma irritação extrema, permanece imóvel. Agazzi, também perturbado, lhe faz sinal para que se apresse.

AGAZZI
Por favor, peça às senhoras que venham aqui!

Sirelli, permanecendo afastado, sai pela esquerda para chamar as senhoras.

SIRELLI
As senhoras? Quais? Talvez fosse melhor...

Cena Oito

A senhora Frola, a senhora Amália, a senhora Sirelli, Dina, a senhora Cini, a senhora Nenni, Laudisi, Ponza e Agazzi. As senhoras, diante da expressão de completo constrangimento de Sirelli, entram assustadas. A senhora Frola, notando o genro num estado de orgasmo, numa excitação quase animalesca, fica aterrorizada. Tratada por Ponza com extrema violência verbal, a senhora Frola, de vez em quando, lança olhares expressivos de cumplicidade para as outras senhoras. A cena se desenvolve de modo rápido e ordenadíssimo.

PONZA
 A senhora aqui? Aqui de novo? O que veio fazer?

SENHORA FROLA
 Vim... tenha paciência...

PONZA
 Veio aqui mais uma vez dizer... O que a senhora disse? O que disse a estas senhoras?

SENHORA FROLA
 Nada! Eu juro! Nada!

PONZA
 Nada? Como nada? Eu ouvi! Este senhor também ouviu ao meu lado! [*faz sinal de modo a indicar Agazzi*] A senhora disse "toca"! Quem toca? A Lina toca? A senhora sabe muito bem que a sua filha morreu há quatro anos!

SENHORA FROLA
 Mas é claro, querido! Acalme-se! Está tudo certo!

PONZA
"E não pode tocar desde então." É óbvio que não pode mais. Está morta!

SENHORA FROLA
Isso mesmo. E então eu não disse isso às senhoras? Eu disse que ela não pode mais tocar desde então porque está morta!

PONZA
E por que a senhora ainda pensa naquele piano?

SENHORA FROLA
Eu? Não, não penso mais. Não penso mais!

PONZA
Eu destruí o piano! E a senhora sabe disso! Quando a sua filha morreu! Para que a minha atual esposa, que nem mesmo toca instrumento algum, jamais pudesse sequer encostar nele! A senhora sabe que a minha atual esposa não toca nenhum instrumento.

SENHORA FROLA
Claro, pois se ela não sabe tocar! Certo!

PONZA
E como ela se chamava, se chamava Lina, não?, a sua filha. Agora diga, como se chama a minha segunda esposa? Diga a todos porque a senhora sabe muito bem o nome dela! Como se chama?

SENHORA FROLA
Júlia! Ela se chama Júlia! É verdade, meus senhores, se chama Júlia!

PONZA
E não pisque enquanto diz que ela se chama Júlia!

SENHORA FROLA
Eu? Não. Eu não pisquei!

PONZA
Eu vi muito bem! A senhora piscou! Eu vi muito bem! A senhora quer me arruinar! Quer dar a entender a estes senhores que eu quero a sua filha toda para mim. [*começa a soluçar assustadoramente*] Como se não estivesse morta!

SENHORA FROLA
[*de repente, com infinita ternura e humildade, acudindo-o*]
Eu? Não, meu filho querido, se acalme, por caridade! Eu jamais disse isso... Não é mesmo, senhoras?

AMÁLIA, SENHORA SIRELLI e DINA
Sim, claro! Ela nunca disse isso! Disse sempre que ela está morta!

SENHORA FROLA
Não foi mesmo? Ela está morta, eu disse! Como diria o contrário? Disse também como você é bom para mim! [*às senhoras*] Não foi isso? Não é verdade? Eu jamais pensaria em arruinar ou comprometer você!

PONZA
[*eriçando-se todo*]
É. Mas sai procurando pianos na casa dos outros para tocar as sonatas da sua filha enquanto diz que Lina tocava assim e assado e melhor que isso!

SENHORA FROLA
Não foi assim... eu fiz isso somente... para experimentar...

PONZA
A senhora não pode! A senhora não deve! Como é que lhe dá na veneta tocar o que tocava a sua filha morta?

SENHORA FROLA
Tem razão, sim. Coitadinho... coitadinho! [*com ternura, começa a chorar*] Não vou mais fazer isso! Não vou mais fazer isso!

PONZA
[*tratando-a com violência a ponto de quase tocá-la*]
Vá! Vá embora! Vá embora daqui!

SENHORA FROLA
Vou... vou... Ai, meu Deus!

Afastando-se, a senhora Frola faz sinais suplicando a todos para que respeitem o genro e se retira chorando.

Cena Nove

Todos da cena anterior exceto a senhora Frola. Todos permanecem tomados de piedade e pavor, olhando para o senhor Ponza. Mas, de repente, assim que a sogra se retira, o senhor Ponza, mudado, calmo, retomando o seu ar habitual, diz simplesmente:

PONZA
Peço desculpa aos senhores por ter sido obrigado a dar esse espetáculo para remediar o mal que, sem querer e sem saber, os senhores fazem a essa infeliz em nome da piedade.

AGAZZI
[*confuso como todos os outros*]
Como? O senhor estava fingindo?

PONZA
É claro, senhores! Não compreendem que o único meio é esse, mantê-la em sua ilusão? Que eu lhe grite assim a verdade como se fosse uma loucura minha? Peço que me desculpem e me deem licença: preciso correr atrás dela.

Sai com pressa pela saída comum. Todos ficam em silêncio, novamente aparvalhados entreolhando-se.

LAUDISI
[*posicionando-se no centro*]
Eis, senhores, a verdade descoberta! [*começa a rir*] Ah, ah, ah, ah!

Terceiro ato

Cena Um

O mesmo cenário do segundo ato. Laudisi, o Copeiro e o Comissário Centuri. Laudisi lê refestelado em uma poltrona. Através da saída da esquerda, que dá para a saleta, vem o rumor confuso de muitas vozes. O Copeiro, da saída do fundo, acompanha o Comissário Centuri até a entrada.

COPEIRO
Venha por aqui. Vou avisar o senhor Comendador.

LAUDISI
[voltando-se e notando Centuri]
Ah, o senhor Comissário! [levanta-se apressadamente e chama o Copeiro, que está para sair] Ei, espere! [a Centuri] Então, alguma notícia?

CENTURI
[alto, rígido, com expressão facial contraída e cerca de quarenta anos de idade]
Sim, alguma.

LAUDISI
Ah, bom. [ao Copeiro] Pode deixar que eu mesmo aviso o meu cunhado daqui. [indica, com um movimento de cabeça, a saída da esquerda. O Copeiro se inclina e sai] O senhor realizou um milagre! Uma cidade está salva! Pode ouvir? Pode ouvir como gritam? Pois então, notícias concretas?

CENTURI
De gente que conseguimos finalmente rastrear.

LAUDISI
Pessoas do vilarejo do senhor Ponza que sabem?

CENTURI
Sim, senhor. Alguns dados; não muitos, mas concretos.

LAUDISI
Ah, sim. Como por exemplo?

CENTURI
Aqui tenho as informações que me foram transmitidas.

Do bolso interno de seu paletó, retira um envelope amarelo contendo uma folha e o entrega a Laudisi.

LAUDISI
Vejamos! Vejamos! [*tira a folha do envelope e lê silenciosamente, intercalando interjeições – primeiramente, de prazer, em seguida, de dúvida, depois quase de pena e, finalmente, de desilusão total*] Mas essas notícias não fazem diferença alguma, senhor Comissário!

CENTURI
Foi tudo o que pudemos descobrir.

LAUDISI

Mas todas as dúvidas permanecem como antes! [*olha-o e depois lhe vem à mente uma resolução repentina*] O senhor quer fazer uma boa ação de verdade, Comissário? prestar um serviço notável à cidadania – um serviço pelo qual o bom Deus saberá reconhecer?

CENTURI
[*olhando-o perplexo*]
Depende do serviço.

LAUDISI

Olhe. Vá ali. [*indica a escrivaninha*] Arranque essa meia folha de informações que não dizem nada; e, aqui, nessa outra metade, escreva qualquer informação precisa.

CENTURI
[*espantado*]
Eu? Como? Que informação?

LAUDISI

Uma informação qualquer a seu critério! Como se fosse assinada por essas duas pessoas do vilarejo que foram rastreadas. Pelo bem de todos! Para devolver a tranquilidade a toda a cidade. Eles não querem uma verdade desde que seja categórica? Então, que o senhor lhes forneça essa verdade!

CENTURI
[com a voz alta e o sangue quente, quase ofendido]
Como assim devo fornecer uma verdade a eles se não tenho uma? Quer que eu seja um falsário? Fico bestificado com a ousadia dessa proposta! E digo "bestificado" para não dizer outra coisa! Faça o favor de me anunciar imediatamente ao senhor Conselheiro.

LAUDISI
[abre os braços, derrotado]

Aproxima-se da saída da esquerda e a abre. De repente, ouvem-se, mais altos, os gritos das pessoas que estão na saleta. Mas somente Laudisi cruza os limites da saída. Os gritos cessam de vez. Do interior, se ouve a voz de Laudisi anunciando:

"Senhores, aqui está o Comissário Centuri, que traz notícias concretas de gente que sabe!"

Aplausos e gritos de viva acolhem a notícia. O Comissário Centuri fica perturbado, pois sabe muito bem que as informações que traz não bastam para satisfazer tanta expectativa.

Cena Dois

Os mesmos mais Agazzi, Sirelli, Laudisi, a senhora Amália, Dina, a senhora Sirelli, a senhora Cini, a senhora Nenni, muitos outros senhores e senhoras. Todos saem apressados pela saída à esquerda com Agazzi à frente. Estão animados, exultantes, batendo as mãos e gritando: "Grande Centuri!".

AGAZZI
[*com as mãos estendidas*]
  Caro Centuri! Gostaria de dizer pessoalmente que eu tinha certeza de que o senhor colocaria um ponto final nesse caso!

TODOS
  Muito bem! Vamos às provas já! Quem é? Quem é?

CENTURI
[*transtornado, surpreso, perdido*]
  Mas eu não... quer dizer, senhor Conselheiro... eu...

AGAZZI
  Senhores, por favor, silêncio!

CENTURI
  Fiz de tudo, sim; o senhor Laudisi disse que...

AGAZZI
  ... que o senhor nos traz notícias concretas...

SIRELLI
   Dados precisos!...

CENTURI
[*forte, resoluto, prevenindo*]
   ... não muitos, mas precisos, sim! De uma pessoa que conseguimos rastrear! Do vilarejo do senhor Ponza. Alguém que sabe!

TODOS
   Finalmente! Ah, finalmente! Finalmente!

CENTURI
[*encolhendo os ombros e entregando a folha a Agazzi*]
   Aqui está, senhor Conselheiro.

AGAZZI
[*desdobrando a folha diante do grupo que se aproxima dele*]
   Ah, vejamos! Vejamos!

CENTURI
[*ressentido, aproximando-se de Laudisi*]
   Francamente, senhor Laudisi...

LAUDISI
[*repentino, em voz alta*]
   Deixe que a carta seja lida, por favor! Por favor!

AGAZZI
   Um momento de paciência, meus senhores! Deem mais espaço! Assim. Agora eu leio!

Faz-se um momento de silêncio. Então, se destaca, firme e clara, a voz de Laudisi.

LAUDISI
Eu já li!

TODOS
[*afastando-se do Conselheiro Agazzi e aproximando-se rumorosamente dele*]
Ah sim? Então? O que diz a notícia? O que se sabe?

LAUDISI
[*escandindo bem as palavras*]
É fato incontestável, testemunhado por gente do vilarejo do senhor Ponza, que a senhora Frola foi internada em uma clínica!

TODOS
[*com reclamação e desilusão*]
Oh!

SENHORA SIRELLI
A senhora Frola?

DINA
Então é ela mesmo?

AGAZZI
[*que, nesse meio-tempo, lera a notícia, grita, agitando a folha*]
Não! Não! Não é nada disso!

TODOS
[*novamente, afastando-se de Laudisi e se aproximando de Agazzi, gritando*]
   Como? O que diz isso aí, afinal de contas? Qual é a informação?

LAUDISI
[*a Agazzi com a voz alta*]
   Sim! Diz "a senhora"! Diz especificamente "a senhora"!

AGAZZI
[*com a voz mais alta*]
   Não diz nada disso! "Pelo que lhe parece", diz esse senhor; não tem certeza absoluta! E, de qualquer modo, não tem certeza se é a mãe ou a filha!

TODOS
[*com satisfação*]
   Ah!

LAUDISI
[*mantendo-se firme em sua posição*]
   Deve ser ela, a mãe sem dúvida.

SIRELLI
   De jeito nenhum! É a filha, meus senhores! A filha!

SENHORA SIRELLI
   Como nos disse ela mesma, a senhora, afinal!

AMÁLIA
Matei a charada! Quando a levaram às escondidas do marido...

DINA
... a trancafiaram em uma clínica!

AGAZZI
E ainda por cima esse informante nem é do vilarejo! Diz que ia lá frequentemente... que não se lembra bem... que lhe parece ter sido isso o que ouviu...

SIRELLI
Ah! Então, é só disse me disse, então!

LAUDISI
Por favor, me desculpem mais uma vez. Mas se estão tão convencidos de que a senhora Frola tem razão, o que ainda estão procurando? Acabem logo com essa história, em nome de Deus! O louco é ele, e não se fala mais nisso!

SIRELLI
É que o Prefeito, meu caro, tem uma opinião contrária à nossa e proclama aos quatro ventos a sua confiança no senhor Ponza!

CENTURI
Sim, é verdade. O senhor Prefeito acredita no senhor Ponza. Ele mesmo me disse!

AGAZZI
Mas por que o senhor Prefeito ainda não conversou com a senhora aqui ao lado?

SENHORA SIRELLI
Está na cara! Falou somente com ele!

SIRELLI
Mas existem os que pensam como o Prefeito!

UM SENHOR
Eu, eu, por exemplo, sou um deles porque sei de um caso parecido; de uma mulher enlouquecida com a morte da filha; ela acredita que o genro não quer que ela veja a filha. Tal e qual!

SEGUNDO SENHOR
Mas esse caso é um pouco diferente, já que o genro ficou viúvo e mora sozinho. O senhor Ponza, ao contrário, tem uma esposa em casa...

LAUDISI
[animado por um pensamento repentino]
Meu Deus, senhores! Ouviram? Acabamos de encontrar o fio da meada! Meu Deus, mas é um ovo de Colombo! [batendo nas costas do segundo senhor] Muito bem, senhor! Escutaram isso?

TODOS
[perplexos, sem compreender]
O quê? O quê?

SEGUNDO SENHOR
[confuso]
Mas o que foi que eu disse que eu mesmo não sei?

LAUDISI
Como não sabe? O senhor acaba de resolver a questão! Um pouco de paciência, senhores! [*a Agazzi*] O senhor Prefeito está vindo?

AGAZZI
Sim, pode chegar a qualquer momento. Por quê?

LAUDISI
É inútil que ele venha aqui falar com a senhora Frola! Até este momento, ele acredita no genro; depois de falar com a sogra, nem mesmo ele saberá mais em qual dos dois acreditar! Não, não. É preciso que o Prefeito faça outra coisa aqui, uma coisa que somente ele pode fazer!

TODOS
Mas o quê? O quê?

LAUDISI
[*radiante*]
Como? Não escutaram o que este senhor disse? O senhor Ponza tem "uma esposa" em casa!

SIRELLI
Vamos fazer a esposa falar! É isso!

DINA
Mas a coitada vive como se fosse mantida em cárcere!

SIRELLI
É preciso que o Prefeito faça valer a sua autoridade e solicite que ela fale!

AMÁLIA
Claro! É a única que pode dizer a verdade!

SENHORA SIRELLI
Doce ilusão! Ela vai dizer o que o marido quiser!

LAUDISI
Só se ela tiver que falar na frente do marido!

SIRELLI
Ela tem que falar a sós com o Prefeito!

AGAZZI
E o Prefeito poderia impor, com a autoridade dele, que a esposa lhe confessasse cara a cara, lhe dissesse as coisas como realmente elas são. Não tem como não dar certo! Concorda, Centuri?

CENTURI
Sem dúvida! Mas é preciso que o senhor Prefeito concorde em fazer isso!

AGAZZI
É a única saída de verdade! É preciso avisá-lo da situação e poupá-lo do incômodo de vir até aqui. Vá em frente e faça isso, caro Centuri.

CENTURI
Sim, senhor! Meus cumprimentos, minhas senhoras, meus senhores! [*inclina-se e vai embora*]

SENHORA SIRELLI
[*batendo palmas*]
  Agora sim! Grande Laudisi!

DINA
  Grande titio! Que ideia magnífica!

TODOS
  Genial! É a única saída!

AGAZZI
  E é mesmo! Como é que não pensamos nisso antes?

SIRELLI
  É óbvio! Ninguém viu a esposa! É como se a pobre coitada não existisse!

LAUDISI
[*como que fulgurado por uma nova ideia*]
  Ah! Desculpem, mas estão certos de que ela realmente existe?

AMÁLIA
  Como? Meu Deus! Lamberto!

SIRELLI
  Agora você quer pôr em dúvida a existência dela também!

LAUDISI
  Mas se foram vocês mesmos que disseram que ela nunca foi vista!

DINA
Que bobagem! A senhora a vê e fala com ela todos os dias!

SENHORA SIRELLI
Além disso, o genro também afirma isso.

LAUDISI
Tudo bem! Mas reflitam por um momento. Pensando logicamente, naquela casa, não deveria haver mais do que um fantasma!

TODOS
Um fantasma?

AGAZZI
Quanta bobagem! Pare com isso de uma vez por todas!

LAUDISI
Deixem-me falar. O fantasma da segunda esposa – se quem tem razão é a senhora Frola. Ou o fantasma da filha – se quem tem razão é o senhor Ponza. Agora nos resta saber, caros senhores, se esse fantasma, seja para ele ou para ela, é realmente uma pessoa em carne e osso. Já que chegamos a esse ponto, acho que é mesmo apropriado duvidar dessa existência!

AMÁLIA
Haja paciência! Você quer é nos levar todos à loucura junto com você!

SENHORA NENNI
Ai, meu Deus! Estou toda arrepiada!

SENHORA CINI
Não entendo que prazer o senhor sente em nos amedrontar desse jeito!

TODOS
O quê? Que brincadeira de mau gosto!

SIRELLI
É uma mulher em carne e osso – estejam todos certos disso! E vamos fazer com que ela fale! Vamos fazer com que ela fale!

AGAZZI
Mas foi você mesmo quem propôs que ela falasse com o Prefeito!

LAUDISI
Fui eu sim, quer dizer, se lá dentro houver realmente uma mulher: digo, alguma mulher. Mas, prestem atenção, meus senhores, que pode não existir mulher alguma lá. Eu, pelo menos, duvido que exista.

SENHORA SIRELLI
Meu Deus, ele quer mesmo nos enlouquecer!

LAUDISI
É! Veremos! Veremos!

TODOS
[*confusamente*]
Ela foi vista por outras pessoas também! – Ela aparece no balcão que dá pro pátio! – Ela escreve cartinhas para a mãe! – Ele faz isso de propósito para rir de nós!

Cena Três

Os mesmos, e Centuri de volta.

CENTURI
[em meio à agitação de todos, se introduz acaloradamente, anunciando]
O senhor Prefeito! O senhor Prefeito!

AGAZZI
Como? Aqui? E o que fez o senhor então?

CENTURI
Eu o encontrei na rua, acompanhado do senhor Ponza: vinham para cá.

AGAZZI
Ah, não, meu Deus! se vem com o Ponza, vai passar na senhora aqui ao lado! Por favor, Centuri, se plante diante da porta e lhe peça para vir aqui por um momento, como ele tinha me prometido.

CENTURI
Sim, senhor. Seu pedido é uma ordem. Já estou indo. [*retira-se com pressa pela saída do fundo*]

AGAZZI
Senhores, peço que se retirem para a saleta por um pouco.

SENHORA SIRELLI
Mas lhe explique tudo bem direitinho! É uma oportunidade única!

AMÁLIA
[*diante da saída da esquerda*]
Por aqui, por favor, senhoras.

AGAZZI
Você fica, Sirelli. E você também, Lamberto. [*todos os outros, senhores e senhoras, saem pela saída da esquerda. Agazzi a Laudisi*] Por favor, deixem que eu fale com ele.

LAUDISI
Por mim, é indiferente. Se quiser, posso até me retirar também...

AGAZZI
Não, não. É melhor que você esteja presente. – Ah, aqui está ele.

Cena Quatro

Os mesmos, o Prefeito e Centuri.

O PREFEITO
[*cerca de setenta anos, alto, gordo, ar de bonachão crédulo*]
   Caro Agazzi! Ah, o Sirelli também está por aqui! Caro Laudisi!
[*aperta a mão de cada um deles*]

AGAZZI
[*convidando-o, com um gesto, a sentar-se*]
   Peço desculpas por ter pedido que você passasse aqui antes.

O PREFEITO
   Era minha intenção, como tinha prometido a você. Eu teria vindo depois, certamente.

AGAZZI
[*percebendo que Centuri ficara atrás e ainda em pé*]
   Por favor, Centuri, junte-se a nós. Sente-se aqui.

O PREFEITO
   E o senhor Sirelli, conforme eu soube, é um dos mais inflamados por esses boatos a respeito do novo secretário.

SIRELLI

Certamente não, senhor Prefeito, me acredite: estão todos tão inflamados quanto eu aqui na cidade.

AGAZZI

É verdade, sim; todos estão inflamadíssimos.

O PREFEITO

E eu que não consigo ver a razão!

AGAZZI

Porque você não teve a chance de assistir a certas cenas como nós, que moramos ao lado da sogra.

SIRELLI

Desculpe, mas o senhor Prefeito ainda não ouviu essa pobre senhora.

O PREFEITO

Eu estava justamente indo visitá-la. [*a Agazzi*] Eu tinha prometido a você que a ouviria, conforme você desejava. Mas o genro veio me pedir, ou melhor, me implorar a graça (para acabar de vez com toda essa tagarelice) de ir à casa dela com ele. Desculpem, mas vocês acham que ele teria feito isso se não estivesse mais do que certo que eu obteria dessa visita a prova do que ele afirma?

AGAZZI

Claro! Porque, diante dele, a pobre senhora...

SIRELLI

[*começando a falar repentinamente*]

    ... teria dito o que ele a mandasse dizer, senhor Prefeito. E essa é a prova de que a louca não é ela!

AGAZZI

    Nós fizemos essa experiência ontem!

O PREFEITO

    Sim, meu caro: porque ele, na verdade, faz com que ela acredite que o louco seja ele! Ele me preveniu a esse respeito. E, de fato, como poderia iludir, de outro modo, essa infeliz? É um martírio, acreditem, um martírio para aquele pobre homem!

SIRELLI

    Certo! E se é ela quem dá a ele a ilusão de que a filha esteja morta para que ele se convença de que a esposa não será levada novamente? Nesse caso, senhor Prefeito, o martírio é da senhora – e não dele!

AGAZZI

    A dúvida é essa. Desse modo, uma dúvida parecida se instaura na sua alma...

SIRELLI

    ... como se instaurou na alma de todos!

O PREFEITO

    ... a dúvida? Não sei, não. Está me parecendo, ao contrário, que vocês não têm nem uma sombra de dúvida. Como, de resto, confesso a vocês, também eu não tenho. E você, Laudisi?

LAUDISI

Desculpe, senhor Prefeito, prometi ao meu cunhado não abrir a boca.

AGAZZI
[*reagindo impetuosamente*]

Mas o que você está dizendo? Se ele fizer uma pergunta a você, responda! Eu tinha dito a ele para não falar. Sabe por quê? Porque, já há dois dias, ele se diverte turvando as águas ainda mais!

LAUDISI

Não acredite nisso, senhor Prefeito! Há dois dias que eu tento justamente o contrário: clarear as águas.

SIRELLI

Claro que sim! Sabe como? Primeiro, argumentando que não é possível descobrir a verdade, e agora, fazendo surgir a dúvida de que na casa do senhor Ponza não existe uma esposa, mas um fantasma!

O PREFEITO
[*achando graça*]

Como? Como? Essa é boa!

AGAZZI

Por favor, compreenda: é inútil dar ouvidos a ele!

LAUDISI

Embora o senhor Prefeito tenha sido convidado a vir aqui por minha causa.

O PREFEITO
Por que o senhor também acha que seria bom que eu falasse com a senhora aqui do lado?

LAUDISI
Não, por favor. Ela faz muito bem em confirmar o que diz o senhor Ponza.

O PREFEITO
Muito bem. Então o senhor também acredita que o senhor Ponza...?

LAUDISI
[*imediatamente*]
Não. Mas como eu gostaria que todos aqui acreditassem na senhora Frola e acabassem com essa história de uma vez por todas!

AGAZZI
Entendeu? Isso lhe parece um raciocínio que se possa levar em consideração?

O PREFEITO
Com licença? [*a Laudisi*] Então, segundo o senhor, também se pode dar crédito àquilo que diz a senhora?

LAUDISI
Naturalmente! Em tudo e por tudo. Como àquilo que diz ele!

O PREFEITO
E aí como fica?

SIRELLI
Se eles dizem coisas opostas!

AGAZZI
[*irritado, energicamente*]
Por favor, leve em consideração o que eu tenho a dizer! Eu não tendo a acreditar em nenhum dos dois. Pode ser que ele tenha razão; pode ser que ela tenha razão. É preciso acabar com isso! E só existe um meio.

SIRELLI
E foi sugestão dele, na verdade! [*aponta Laudisi*]

O PREFEITO
Ah, sim? Então, qual é esse meio?

AGAZZI
Visto que nos falta uma evidência, o único meio que nos resta é que você, com a sua autoridade, obtenha a confissão da mulher.

O PREFEITO
Da senhora Ponza?

SIRELLI
Mas, que fique claro, sem a presença do marido!

AGAZZI
De modo que ela possa dizer a verdade!

SIRELLI
Se é filha da senhora Frola, como nos parece justo acreditar.

O PREFEITO
... e como acredito eu, sem dúvida! É... parece o único modo para mim também. Esse pobre coitado, me acreditem, só deseja convencer todos que tem razão. Tem se revelado tão afável no convívio comigo! De nós, ele é quem vai ficar mais contente com isso! E vocês vão se tranquilizar de um momento ao outro, meus amigos. Faça-me um favor, Centuri. [*Centuri se levanta*] Vá chamar o senhor Ponza aqui ao lado. Diga-lhe que eu estou pedindo que ele venha aqui por um momento.

CENTURI
Vou imediatamente.

Curva-se e se retira pela saída do fundo.

AGAZZI
Se ele permitisse.

O PREFEITO
Você vai ver que ele vai consentir imediatamente! Tudo estará terminado em quinze minutos! Aqui, diante de vocês.

AGAZZI
Como? Em minha casa?

SIRELLI
Acredita que ele vai concordar em trazer a esposa aqui?

O PREFEITO
Deixem comigo! Aqui mesmo, sim. Porque, se não for aqui, vocês vão dizer que eu...

AGAZZI
... de jeito nenhum. Como você pode pensar uma coisa dessas?

SIRELLI
Isso nunca!

O PREFEITO
Convenhamos! Sabendo que eu estou certíssimo de que ele está com a razão, vocês pensariam que, para pôr um ponto-final nessa situação, tratando-se, afinal, de um funcionário público... Faço questão de que vocês sejam testemunhas. [*a Agazzi*] A sua senhora?

AGAZZI
Está lá com as outras senhoras...

O PREFEITO
Vocês estabeleceram aqui um verdadeiro quartel de conjurados...

Cena Cinco

Os mesmos, Centuri e o senhor Ponza.

CENTURI
Com licença. Aqui está o senhor Ponza.

O PREFEITO
Obrigado, Centuri. [*o senhor Ponza aparece na soleira*] Entre, entre, meu caro Ponza.

O senhor Ponza se curva.

AGAZZI
Sente-se, por favor.

O senhor Ponza se curva novamente e se senta.

O PREFEITO
Conhece os senhores. Sirelli...

O senhor Ponza se levanta e se curva.

AGAZZI
Sim, eu já os tinha apresentado. Meu cunhado, Laudisi.

O senhor Ponza se curva.

O PREFEITO
    Pedi para que lhe chamassem a esta casa, meu caro Ponza, para lhe dizer que aqui, com os meus amigos... [*interrompe ao notar que o senhor Ponza, depois de ouvir suas últimas palavras, deixa transparecer uma grande perturbação e uma viva agitação*] O senhor quer dizer alguma coisa?

PONZA
    Sim, que pretendo, hoje mesmo, pedir minha transferência.

O PREFEITO
    Mas por que se, não faz muito tempo, o senhor parecia tão condescendente?

PONZA
    Porque aqui me transformaram no alvo de um constragimento inaudito!

O PREFEITO
    Deixe disso. Mas não vamos exagerar agora!

AGAZZI
[*a Ponza*]
    Constrangimento!? Desculpe, mas o senhor quer dizer de minha parte?

PONZA
    De parte de todos! E, por isso, vou-me embora! Vou-me embora, senhor Prefeito, porque não consigo suportar esta inquisição

obstinada e feroz sobre a minha vida privada, que vai acabar comprometendo, estragando uma obra de caridade que me custa muita compaixão e muitos sacrifícios! – Eu venero essa pobre velha mais que a minha mãe e me vi obrigado, aqui, ontem, a tratá-la com a mais cruel violência. Ainda há pouco eu a encontrei em um tal estado de aviltamento e agitação...

AGAZZI
[*interrompendo, calmo*]
... é estranho porque, conosco, a senhora sempre falou com muita calma! Quanto à agitação, a notamos toda no senhor, senhor Ponza, inclusive agora!

PONZA
Porque os senhores não sabem o quanto estão me fazendo sofrer!

O PREFEITO
Deixe disso e se acalme, caro Ponza! Qual é o problema? Eu estou aqui! E o senhor sabe com quanta confiança e com quanto compadecimento eu ouvi as suas razões. Não é verdade?

PONZA
Desculpe. O senhor, sim. E sou grato ao senhor por isso.

O PREFEITO
Então! Olhe: o senhor venera a sua pobre sogra como se fosse a sua mãe? Pois bem. Leve em consideração que esses meus amigos mostram tanta curiosidade em saber o que há exatamente porque também querem bem à senhora.

PONZA

Mas a estão matando, senhor Prefeito! E eu já chamei a sua atenção para isso mais de uma vez!

O PREFEITO

Tenha paciência. Verá que isso terminará assim que tudo for esclarecido. Agora mesmo, olhe! Não custa nada. O senhor dispõe do meio mais simples e mais seguro de tirar todas as dúvidas desses senhores, não as minhas porque eu não tenho dúvidas.

PONZA

Mas eles não querem acreditar em mim de jeito nenhum!

AGAZZI

Isso não é verdade. Quando o senhor veio aqui, depois da primeira visita de sua sogra, para declarar que ela era louca, todos nós acreditamos no senhor. Mas logo depois veio a sua sogra, entende?

O PREFEITO

Sim, sim, eu sei. O senhor me disse que [*prossegue, deste ponto em diante, olhando para o senhor Ponza*]... a sua sogra veio alegar as mesmas razões que o senhor mantém a respeito dela. É preciso ter paciência se uma dúvida angustiante nasce na alma de quem escuta o senhor e, depois, a pobre senhora. Levando-se em conta o que diz a sua sogra, estes senhores acham que não é mais possível acreditar no que o senhor afirma, meu caro Ponza. Portanto, que fique claro: o senhor e a sua sogra deverão manter-se afastados disso por um momento! – Se o senhor tem mesmo a segurança de estar dizendo a verdade, como tenho eu, então não pode ter nada contra a reafirmação da verdade aqui pela única pessoa que pode fazê-lo além do senhor e da sua sogra.

PONZA
Quem?

O PREFEITO
A sua esposa!

PONZA
Minha esposa? [*alto, com indignação*] Essa não! Jamais, senhor Prefeito!

O PREFEITO
Desculpe, mas por que não?

PONZA
Trazer a minha esposa para dar satisfação a quem não quer acreditar em mim?

O PREFEITO
[*rápido*]
Para dar satisfação a mim! Desculpe, mas o senhor vê alguma dificuldade nisso?

PONZA
Senhor Prefeito, não! minha esposa, não! Vamos deixar minha esposa fora dessa! Pode-se muito bem acreditar em mim!

O PREFEITO
Não, senhor. Olhe. Então, começa a parecer também a mim que o senhor queira fazer de tudo para que não lhe acreditem!

AGAZZI

Ainda mais que procurou, de todos os modos, até mesmo a custo de uma grosseria dupla à minha esposa e à minha filha, impedir que a sogra viesse aqui para falar conosco.

PONZA
[*irrompendo, irritado*]

Mas o que querem de mim em nome de Deus? Não se contentam com aquela infeliz? Também querem a minha esposa? Senhor Prefeito, não posso suportar essa violência! Minha esposa não sai de minha casa! Eu não a levo para perto de ninguém! Para mim é suficiente que o senhor me acredite. E, além disso, estou pronto para ir embora daqui imediatamente! [*levanta-se*]

O PREFEITO
[*batendo com o punho na escrivaninha*]

Espere aí! Antes de tudo, não tolero que o senhor se dirija com esse tom nem a um chefe de repartição nem a mim, que me dirigi ao senhor até agora com toda a cortesia e toda a deferência. Em segundo lugar, repito que a sua obstinação em refutar uma prova, que lhe peço eu e não os outros, pelo seu próprio bem e em que não vejo nada de mal, agora dá margem ao que pensar também a mim! Podemos muito bem, meu colega e eu, receber uma senhora... ou, se o senhor assim prefere, ir à sua casa...

PONZA

Então, o senhor está me obrigando?

O PREFEITO

Repito que lhe peço pelo seu bem, embora também esteja apto a fazê-lo como seu chefe!

PONZA
Está bem. Está bem. Vou trazer a minha esposa aqui. Mas quem me garante que aquela pobre coitada não a verá?

O PREFEITO
Certo... porque ela está aqui ao lado...

AGAZZI
[*prontamente*]
Podemos ir à casa da senhora.

PONZA
Não. Digo isso pelos senhores! Outra surpresa daquelas teria consequências assustadoras!

AGAZZI
Quanto a nós, fique tranquilo!

O PREFEITO
Ou senão, se preferir, o senhor também poderia levar a sua esposa até a Prefeitura!

PONZA
Não, não. Façamos isso logo de uma vez aqui mesmo... Ficarei eu lá, cuidando dela. Vou imediatamente, senhor Prefeito; assim, acabemos com isso de uma vez por todas!

Retira-se furioso pela saída do fundo.

Cena Seis

Todos, com exceção do senhor Ponza.

O PREFEITO
Confesso que não esperava essa resistência da parte dele.

AGAZZI
E você vai ver que ele vai impor à esposa o que ele quiser.

O PREFEITO
Não! Quanto a isso fiquem tranquilos. Eu mesmo interrogarei a senhora!

SIRELLI
E essa irritação contínua!

O PREFEITO
É a primeira vez que eu o vejo assim. Talvez a ideia de trazer a esposa aqui...

SIRELLI
... de desencarcerá-la!

O PREFEITO
Essa história de que ele a mantém em cárcere pode ser explicada sem que se precise recorrer à suposição de que ele é louco.

SIRELLI
Perdão, senhor Prefeito, é que o senhor ainda não ouviu essa senhora.

AGAZZI
É. Ele diz que a mantém assim por medo da sogra.

O PREFEITO
Mas ainda que seja por isso, poderia ser apenas por ciúme.

SIRELLI
Mas a ponto de não ter nem mesmo uma empregada? Obriga a esposa a fazer todo o serviço sozinha!

AGAZZI
E ele faz as compras todas as manhãs!

CENTURI
Sim, senhor. É verdade: eu mesmo vi! Ele leva as compras para casa com um garoto...

SIRELLI
... que ele sempre deixa do lado de fora da porta!

O PREFEITO
Francamente, senhores, ele reclamou disso em uma conversa comigo.

LAUDISI
Serviço de informações irrepreensível!

O PREFEITO
Ele age assim por economia. Laudisi! Deve manter duas casas...

SIRELLI
Não. Nós não falamos por isso! Desculpe, senhor Prefeito, mas acredita que uma segunda esposa se submeteria a esse ponto...

AGAZZI
[*complementando imediatamente a pergunta de Sirelli*]
... aos serviços domésticos mais humildes!

SIRELLI
[*continuando*]
... por alguém que foi sogra de seu marido e que seria uma estranha para ela?

AGAZZI
Admita! Não lhe parece demais?

O PREFEITO
Sim, demais.

LAUDISI
[*interrompendo*]
Para uma segunda esposa qualquer, sim!

O PREFEITO
   Vamos admitir: é demais, sim! Mas até isso, entretanto, se pode explicar com a generosidade; pode-se também explicar com o ciúme. E que seja ciumento – louco ou não louco – me parece que não se discute.

Ouve-se um clamor de vozes confusas que vêm do salão.

AGAZZI
   Ah, quem vem lá?

Cena Sete

Os mesmos e a senhora Amália.

AMÁLIA

[*apressada e desalentadíssima, entra pela saída da esquerda e faz um anúncio*]

    A senhora Frola! A senhora Frola está aqui!

AGAZZI

    Não, meu Deus. Quem a chamou aqui?

AMÁLIA

    Ninguém. Veio por conta própria!

O PREFEITO

    Não. Por caridade! Agora, não. Peça para ela ir embora, senhora!

AGAZZI

    Vá imediatamente! Não podemos deixá-la entrar! É preciso impedi-la a qualquer custo! Se a filha a encontrar aqui, ficará parecendo realmente uma cilada!

Cena Oito

Os mesmos, a senhora Frola e todos os outros. A senhora Frola se apresenta trêmula, chorosa e suplicante, com um lenço nas mãos, em meio ao grupo, que está exaltado.

SENHORA FROLA
　　Meus senhores, por piedade! Por piedade! Senhor Conselheiro, diga a todos!

AGAZZI
[*irritadíssimo, aproximando-se dela*]
　　Eu digo que a senhora se retire imediatamente! Porque, por ora, não pode ficar aqui!

SENHORA FROLA
[*perturbada*]
　　Por quê? Por quê? [*à senhora Amália*] Eu lhe rogo, minha boa senhora...

AMÁLIA
　　Olhe... olhe bem, minha senhora. O Prefeito está entre nós...

SENHORA FROLA
　　Ah, senhor Prefeito, por piedade. Já tinha pensado em recorrer ao senhor.

O PREFEITO
Não, tenha paciência, minha senhora. Por ora, não posso lhe dar atenção. É preciso que a senhora vá embora imediatamente!

SENHORA FROLA
Sim, vou embora! Vou embora hoje mesmo, senhor Prefeito! Partirei para sempre desta cidade!

AGAZZI
Não, minha senhora. Tenha a bondade de se retirar e ficar em seu apartamento por enquanto. Faça-nos essa graça. Depois eu falo com o Prefeito!

SENHORA FROLA
Mas por quê? Do que se trata agora?

AGAZZI
O seu genro está prestes a voltar aqui! Entendeu?

SENHORA FROLA
Ah, sim? Então, sim... sim, me retiro... me retiro imediatamente! Mas gostaria de dizer somente isto: que acabem com essa história o quanto antes, por piedade! Acreditam que estão me fazendo bem e me fazem tanto mal! Serei obrigada a deixar a cidade se continuarem agindo desse modo; e partirei hoje mesmo para que ele seja deixado em paz! Mas o que querem, o que querem dele desta vez? O que ele vem fazer aqui agora, senhor Prefeito?

O PREFEITO
Nada! Fique tranquila e vá embora, por favor!

AMÁLIA
Vá embora já, senhora! Colabore!

SENHORA FROLA
Ah, meu Deus. Os senhores vão acabar me privando do único bem, do único conforto que me restava: ver a minha filha – nem que fosse de longe! [*começa a chorar*]

O PREFEITO
Claro que não! A senhora não precisa partir da cidade! Nós só estamos pedindo que a senhora se retire agora por um momento! Fique tranquila!

SENHORA FROLA
Mas eu estou preocupada com ele! Com ele, senhor Prefeito! Vim aqui para rogar a todos por ele; não por mim!

O PREFEITO
Tudo bem! E a senhora pode ficar tranquila em relação a ele, eu lhe asseguro! Vai ver que tudo vai se ajeitar!

SENHORA FROLA
E como? Se eu vejo que as atenções de todos aqui estão obstinadamente voltadas para ele!

O PREFEITO
Não, minha senhora! Não é verdade! Eu estou do lado dele! Pode ficar tranquila!

SENHORA FROLA
Então, quer dizer que o senhor compreendeu...

O PREFEITO
Sim, sim, minha senhora. Eu compreendi.

SENHORA FROLA
Já repeti tantas vezes a esses senhores. É uma desgraça já superada, que não precisamos relembrar.

O PREFEITO
Sim, está certo, minha senhora... Já lhe disse que compreendi.

SENHORA FROLA
Estamos contentes de viver assim; a minha filha está contente... por isso... pense nisso, pense nisso... porque, senão, não me restará outra escolha a não ser ir embora! e não vê-la nunca mais, nem mesmo de longe! Deixem o meu genro em paz, por caridade!

Nesse ponto, o grupo se agita: todos gesticulam; alguns olham para a saída; algumas vozes reprimidas se fazem ouvir.

VOZES
Meu Deus... Ela está aqui! Ela está aqui!

SENHORA FROLA
[*notando o espanto e a desordem, geme com perplexidade e temor*]
O que está acontecendo? O que está acontecendo?

Cena Nove

Os mesmos, a senhora Ponza e depois o senhor Ponza. Todos se afastam para os lados, dando passagem para a senhora Ponza, que veste luto e usa um véu espesso e impenetrável sobre o rosto.

SENHORA FROLA
[*com um grito dilacerante de frenética alegria*]
   Ah! Lina... Lina... Lina...

Corre em direção à senhora Ponza e se agarra a ela com o ardor de uma mãe que não abraça a filha há anos. Ao mesmo tempo, ouvem-se os gritos do senhor Ponza, que, logo depois, aparece em cena.

PONZA
   Júlia...! Júlia...! Júlia...!

A senhora Ponza, ao ouvir os gritos dele, petrifica-se entre os braços da senhora Frola, que a abraçam. O senhor Ponza, ao entrar, se dá imediatamente conta de que a sogra está perdidamente abraçada à esposa e reage furiosamente.

PONZA
   Ah, eu sabia! Então, aproveitaram-se covardemente da minha boa-fé?

SENHORA PONZA
[*virando a cabeça velada, quase com austera solenidade*]
   Não tenham medo! Não tenham medo! Vão embora!

PONZA
[*em voz baixa, amorosamente à senhora Frola*]
Sim, vamos, vamos.

SENHORA FROLA
[*completamente trêmula e humilde, desvencilha-se do abraço por si própria e ecoa as palavras do genro*]
Sim, sim, vamos, meu querido, vamos...

Os dois saem abraçados, acariciando-se mutuamente. Cada qual com seu próprio pranto, ambos seguem sussurrando palavras afetuosas entre si. Silêncio. Depois de terem seguido com os olhos até o final da trajetória dos dois, todos, comovidos e abismados, agora prestam atenção à senhora de véu.

SENHORA PONZA
[*depois de olhar todos através do véu, diz com solenidade sombria*]
O que podem querer de mim depois disso, caros senhores? Aqui, existe uma desventura, como veem, que deve permanecer escondida, porque só assim pode valer o remédio que a piedade lhe concedeu.

O PREFEITO
[*comovido*]
Nós queremos respeitar a piedade, minha senhora. Entretanto, gostaríamos que a senhora nos dissesse...

SENHORA PONZA
[*escandindo lentamente as palavras*]
... o quê? A verdade? é só esta: que sou, sim, a filha da senhora Frola...

TODOS
[*com um suspiro de satisfação*]
   Ah!

SENHORA PONZA
[*logo em seguida com o mesmo tom de antes*]
   ... e a segunda esposa do senhor Ponza...

TODOS
[*respeitosamente aparvalhados e desiludidos*]
   Oh! Como assim?

SENHORA PONZA
[*logo em seguida com o mesmo tom de antes*]
   ... sim, e para mim nenhuma, nenhuma!

O PREFEITO
   Ah, não, senhora. Para si própria, a senhora deve ser ou uma ou outra!

SENHORA PONZA
   Não, senhores. Para mim, sou aquela que se crê que eu seja.
   [*olha todos através do véu e se retira. Silêncio*]

LAUDISI
   Eis aí, senhores, como fala a verdade! [*lança ao redor um olhar de desafio e troça*] Estão contentes? [*Começa a rir*] Ah, ah, ah, ah!

Cortina

Posfácio

As tiranias da Verdade

Ma seduti, seduti. Bisogna star seduti.

Luigi Pirandello nasceu em 1867, em um sítio que, como ele mesmo fazia questão de lembrar como se fora anúncio definitivo de seu caráter e destino, se chamava "Caos", nos limites de Girgenti – hoje, Agrigento –, na Sicília. A sua família, de extração burguesa, tinha situação fiananceira estável durante os anos de sua formação, o que possibilitou que estudasse filologia nas universidades de Palermo, Roma e Bonn.

A partir de 1897, passou a ensinar literatura italiana no Istituto Superiore di Magistero, em Roma, do qual se tornou professor titular em 1908. Durante todo esse período, manteve atividade regular como poeta, ensaísta e ficcionista. Apenas para citar duas obras-primas desse período, em 1904, publica *O falecido Matias Pascal*, e em 1908, o ensaio *O humorismo*. A partir de 1909, tornou-se colaborador do jornal *Corriere della Sera*, atividade que manteve até o fim da vida. Do primeiro casamento, com Antonietta Portulano, teve três filhos, um dos quais foi o conhecido dramaturgo Stefano Landi. Em 1919, Antonietta, que manifestava sinais de debilidade psíquica, foi internada em uma casa de saúde e ali permaneceu até a morte, quarenta anos depois. Não se trata de informação indiferente a sua obra – e especialmente a *Assim é (se lhe parece)*.

Em 1924, Pirandello adere publicamente ao fascismo, o qual, entretanto, "jamais condicionou a sua obra de escritor, antes corrosiva de sua ideologia e de sua prática".[1] No ano seguinte, é nomeado diretor do Teatro d'Arte di Roma, da qual faz parte a atriz Marta Abba, que se torna sua companheira. Em 1929, é admitido na Academia Italiana. Ainda, como é sabido, dois anos antes de sua morte, recebe o Prêmio Nobel de Literatura.

* * *

Em termos genéricos, Pirandello é um autor que se formou nos anos de predominância da estética naturalista, e, portanto, no âmbito da crença de que o primeiro procedimento de toda obra de arte era a verossimilhança, reinterpretada rigidamente como "verismo". Isto é, ao escrever ou falar, o artista deveria obrigatoriamente ocultar os traços dessa escrita ou fala para que a obra se mostrasse "como se" fosse a vida, ela mesma, a se revelar, com mínima intervenção das inclinações do seu criador.

Embora essa simples definição pareça excluir qualquer possibilidade de se aplicar o paradigma naturalista à obra madura de Pirandello – toda ela voltada, ao contrário, para exibir uma espécie de jogo explícito entre o autor e o público, justamente as duas presenças que o "verismo", sobretudo no teatro, pretendia eliminar –, não é sem propósito notar, como fez Giovanni Macchia, que "qualquer coisa" no conjunto da obra pirandelliana "reclama Zola". E dá como exemplos a existência nela de certa ideia de "homem", que ultrapassa a ideia de ação; também a concepção do palco como "lugar de prova" ou de investigação de um "caso humano"; o gosto do uso do "dialeto" – que, no seu caso, levou a largo emprego, em peças inteiras, do seu siciliano

---

1. Borsellino, Nino. "Pirandello, Luigi". In: Borsellino, N. (org.), *La Nuova Enciclopedia della Letteratura Garzanti*. Milão: Garzanti, 1985, p. 745.

natal; certo "signo positivista da cultura" que o faz encontrar nela predisposições fisiológicas e patológicas; a ideia de que o teatro era "antiliteratura" e que deveria ser entregue à *pureza* do diálogo, necessária destinação do conceito de impessoalidade". Finalmente, Macchia nota ainda o cuidado com os objetos em cena, a significar "um mundo já em decomposição".[2]

Claro que esses elementos não pretendem configurar Pirandello como autor naturalista, mas, bem ao contrário, perceber melhor o quanto a sua obra testemunha uma "crise do naturalismo", que por vezes se chamou de "decadentismo". Nela, a "ruptura" e a desagregação de certos elementos e temas do teatro tradicional ganham o estatuto central da cena. Para dizer com Borsellino, a sua dramaturgia opera com uma "lógica paradoxal e agudamente desmistificatória", segundo a qual "nenhum dos critérios tradicionais pode doravante discriminar verdadeiro ou falso, racional ou irracional, normal ou louco".[3]

E se faltam critérios para discernir normalidade e loucura, é evidente que se está em pleno terreno de *Assim é (se lhe parece)*. A peça, cuja primeira representação se deu em 18 de junho de 1917, no Teatro Olímpia, em Milão, faz parte de um período fecundo, no qual produziu ainda, por exemplo, *Seis personagens à procura de um autor* (1921) e *Henrique IV* (1922).

Também vale notar que *Assim é (se lhe parece)* é uma adaptação que o próprio Pirandello produziu de uma novela que havia escrito dois anos antes, cujo título é "A senhora Frola e o senhor Ponza, seu genro". Nesta, um narrador em primeira pessoa comenta, com distância e bom humor, o burburinho causado com a chegada do

---

2. Macchia, Giovanni. "Il Teatro di Luigi Pirandello". In: Pirandello, Luigi. *Teatro*. Milão: Garzanti, 1969, p. 7.
3. Borsellino, N., op. cit., pp. 746 e 747.

núcleo familiar do senhor Ponza à cidade, e a consequente curiosidade e murmuração dos moradores, as várias tentativas de entender a natureza da relação entre o novo funcionário da prefeitura e a sua sogra, até a permanência final da dúvida e do mistério. Não há na novela, entretanto, nenhuma das situações dramáticas de acareação entre o senhor e a senhora Ponza ou a senhora Frola, o que, por seu turno, não faz falta ao desenvolvimento agílimo da sua narrativa, no qual o sentimento humorístico dos contrários é admiravelmente efetuado.

Para esboçar algumas hipóteses de interpretação da peça propriamente dita, talvez seja de bom alvitre considerar inicialmente, com maior atenção, os caracteres das personagens, pois discernir o andamento das cenas, quando as ações tendem praticamente a inexistir, talvez seja um pouco mais trabalhoso e ficará para um segundo momento.

É possível estabelecer de imediato dois grupos de personagens. O primeiro é constituído por todos os moradores da "capital de província" onde se passa o caso, isto é, a senhora Amália, sua filha Dina, as várias comadres e seus maridos que por lá aparecem, o Prefeito, o Comissário e o Conselheiro, além de Laudisi e do criado da casa dos Agazzi, cenário de toda a ação da peça.

O segundo grupo, naturalmente, é constituído pelos forasteiros, a saber, pelo novo secretário da prefeitura, o senhor Ponza, sua mulher, a senhora Ponza, e pela sua sogra, a senhora Frola, todos eles obrigados a se mudar de sua terra natal devido ao violento terremoto que a devastou, deixando apenas uns poucos sobreviventes e nenhuma memória de seu passado.

Entretanto, com um pouco mais de atenção, esses grupos admitem alguns deslocamentos internos importantes. Por exemplo, no primeiro grupo, pode-se produzir ao menos três distinções relevantes. A primeira delas certamente diz respeito às mulheres, todas mais ou menos passíveis de serem descritas sob a tipologia social da "comadre", determinada sobretudo pelos atributos da curiosidade mais ou menos maledicente, da intromissão na vida privada alheia e na estupenda capacidade de produzir rumor em meio ao nada. Incluem-se aí, ainda, todos os homens que não têm outra função que acompanhar as suas mulheres, como é o caso do senhor Sirelli.

A segunda distinção dentro desse mesmo grupo de personagens reúne um subgrupo dos homens, constituído por atributos claros e institucionais de autoridade. Cabem aí, naturalmente, por ordem de hierarquia, o Prefeito, o Conselheiro Agazzi e o Comissário Centuri.

Por fim, um terceiro subgrupo é constituído por personagens que poderíamos chamar de mediadores, embora a desproporção entre eles seja muito grande. O principal é Laudisi, que faz as vezes de intermediário nada transparente entre a peça, o autor e o espectador, e que ocupa evidente função metadramática, acentuada por seus comentários irônicos sobre as posições ocupadas pelas demais personagens. O outro, que poderia passar despercebido, mas seria um engano deixar de considerar a sua funcionalidade para a peça, é o criado, o qual nem sequer nome tem, e cujo único papel é abrir portas e anunciar as chegadas à cena, dramatizando justamente o jogo farsesco do entra e sai no salão dos Agazzi. Dessa forma, as mediações espaciais, horizontais, propiciadas pelo criado, e as verticais, simbólicas, de Laudisi articulam de maneira sistemática o cômico e o metafísico.

No segundo grupo de personagens não há menos tipicidade, mas o aspecto social aparece agora fortemente associado ao caráter moral. O senhor Ponza é concebido manifestamente à imagem do que os italianos chamam de *uomo meridionale*, homem do sul (como o próprio Pirandello): baixo, atarracado, moreno, de temperamento violento – exatamente o tipo de homem, no âmbito dos preconceitos correntes, que se consideraria capaz de prender sua esposa, sem deixá-la sair à rua ou ver a mãe. O senhor Ponza responde, evidentemente, a uma imagem estereotipada persistente na Itália, e não apenas nela.

A senhora Frola, por sua vez, é uma senhora idosa, linda, afável, generosa, bem de jeito a se prestar adequadamente à imagem de uma mãe amorosíssima, disposta a tudo sacrificar, e especialmente disposta a se sacrificar pela felicidade dos seus.

A senhora Ponza, que aparece apenas na última cena do último ato, mantendo sempre o rosto coberto, tem um estatuto bastante diferente. De fato, não chega a se caracterizar como personagem, mas diz as frases mais impressionantes e definitivas da peça, como que a fixar o seu sentido geral. Desse ponto de vista, a senhora Ponza pode facilmente ocupar, como Laudisi, uma posição metalinguística, mas, diferentemente dele, uma vez que não tem maior desenvolvimento do que as frases terríveis que profere, acaba adquirindo mais um caráter de metáfora ou de símbolo do que propriamente uma tipologia de estatuto social ou psicológico. De fato, não poucos analistas pensam nela como uma representação direta da Verdade, aquela que, de acordo com o sentido geral da peça, nunca é completamente desvelada.

Se recompusermos esse esboço das personagens, poderíamos compor um quadro de *dramatis personae*, no qual tudo é típico: haveria um grupo curioso e palpiteiro, associado a um grupo de autoridades ciosas de si, ambos os grupos associados à mesma bitola provinciana, zelosos de confrontar a imagem de um rústico sulista com a de uma mãe carinhosa. Mas nada na peça autoriza pensar que aos palpiteiros caiba julgar a pouca civilidade do rústico ou civilizá-lo. Há, sim, a ideia de que os moradores se atribuem um papel corretivo, moralmente insustentável, racionalmente inautêntico, uma vez que a intromissão supostamente bem-intencionada, a partir de um ponto, se revela como arbitrária e mesmo tirânica.

Convém parar por aqui, e examinar agora o desenvolvimento das ações, a despeito de serem tão reduzidas e econômicas como são, o que, de resto, empresta enorme agilidade à peça.

* * *

Assim é (se lhe parece) se organiza na forma neoclássica tradicional em três atos e em um tempo que dir-se-ia bastante próximo ao real. Embora aproximados, os atos não são exatamente iguais no tocante ao número de cenas; o primeiro é composto de seis, e os dois outros, de nove cenas cada um. Todas elas se passam entre a sala de visitas da casa dos Agazzi e o escritório do Conselheiro, evidenciando o interesse em ocupar um espaço bem caracterizado do mundo burguês provinciano e, simultaneamente, um espaço extremamente econômico do ponto de vista da movimentação em cena, que é sempre muita, embora a ação seja quase nenhuma.

A acompanhar o desenvolvimento das cenas, aquelas do primeiro ato admitem também uma subdivisão em duas partes simétricas. A primeira delas ocupa as três primeiras cenas e é preenchida quase exclusivamente pelo grupo das comadres. São elas que informam e produzem a murmuração sobre os recém-chegados à cidade, revelando tanto o gosto da fofoca como o da maledicência, acentuado pelo sentimento de orgulho (e despeito) ferido pela suposta falta de interesse demonstrada pela senhora Frola para visitar os vizinhos e saciar-lhes a curiosidade.

A segunda parte desse primeiro ato está composta pelas três cenas seguintes, nas quais se produzem as sucessivas reviravoltas das versões apresentadas pela senhora Frola e o senhor Ponza. Quer dizer, se a primeira parte desse primeiro ato acentua a falta de notícias, a segunda gera notícias demais e contraditórias: muitas versões, nenhuma absolutamente confiável.

O segundo ato (e também o terceiro, como se verá) mantém o desenvolvimento simétrico das ações, apenas acrescido da intervenção metadramática de Laudisi, o qual representa diante do espelho, sobre a sua própria figura duplicada, o drama da duplicidade das versões e do distanciamento fantasmático da verdade. Esse comentário sobre o sentido geral do texto se dá, entretanto, como divisor entre duas águas.

A primeira delas, que ocupa as seis primeiras cenas do segundo ato, é exatamente homóloga à referida primeira parte do primeiro ato, apenas com a indistinção entre o grupo das mulheres e o dos homens, ambos aliados na mesma diligência cada vez mais acirrada. A curiosidade incontinente aliada à autoridade afetada não pode admitir pergunta sem resposta e cuida de examinar e amplificar o paradoxo das várias versões. A segunda parte desse segundo ato está composta pelas cenas sete, oito e nove, e, da mesma maneira, é homóloga à segunda parte do primeiro ato, quando se chocam as versões da senhora Frola e o senhor Ponza.

Há, porém, dois acréscimos de amplificação nestas cenas do segundo ato sobre as do primeiro, com efeitos exasperantes sobre a situação do enigma, cada vez mais vertiginosa. Em primeiro lugar, já não se trata apenas de versões diversas, mas de acareação altamente dramática entre as versões da senhora Frola e as do seu genro, sem que se possa, ainda assim, entrever a verdade. Depois, passa a haver uma simulação de segundo grau das versões, pois, face à acareação inevitável, a senhora Frola afirma fingir que aceita a versão do genro, contrária à sua; já o genro demonstra fingir para a sogra que é mesmo o verdadeiro louco a fim de generosamente manter nela a ilusão de que a sua filha não morreu e desse modo, não confrontar a loucura que é exclusivamente dela, na opinião dele.

Ou seja, se antes havia duas versões para o caso, agora ambas permanecem, mas com uma enorme complicação: as versões podem trocar de direção e sinal, fingir que são o contrário do que afirmam ser, mesmo que sejam opostas entre si, com a justificativa da compaixão pela posição do outro, isto é, do temor do que poderia suceder caso o verdadeiro louco viesse a realizar secamente a verdade da sua própria loucura. Este último ponto, o do fingimento da loucura própria por compaixão pela loucura do outro, produz ainda um efeito que vai ser explorado no terceiro ato: a tortura física e moral gerada pela curiosidade provinciana, apenas aparentemente inocente.

O terceiro ato também preserva a estrutura simétrica dos outros dois, embora tenha início e fins em cenas de enorme potencial simbólico, à imagem da segunda cena do segundo ato, quando Laudisi conversa com seu duplo especular. Por ora, convém deixar essas duas cenas para o final e verificar o que se passa nas demais.

A primeira parte delas acentua a falha das provas documentais da verdade, que deveriam ser trazidas pelo Comissário. Por isso mesmo, a inexistência delas apenas acentua as lacunas da história com versões vagas e inconclusas obtidas junto a outros sobreviventes do terremoto.

Já a segunda parte deste terceiro ato produz uma explicitação mais crua dos pressupostos de autoridade sustentados pelo Prefeito e pelo Conselheiro. Diante da resistência do senhor Ponza ao pedido de trazer a sua mulher à cena para servir de árbitro sobre qual dos dois diz a verdade, o Prefeito troca rapidamente o pedido amigável pela ordem ríspida, passando a exigir, em privado, na intimidade doméstica, o respeito à sua autoridade pública.

É neste ponto que a face dura da cordialidade se torna manifesta. Em certo momento, o senhor Ponza acusa expressamente a violência a que ele e sua família estavam sendo submetidos, com consequências terríveis para todos, e ainda mais com a inviabilização da permanência deles na cidade.

Em conjunto, portanto, as duas cenas simétricas do terceiro ato produzem uma exasperação da lacuna factual (primeira parte) e da tortura psicológica (segunda parte) empreendida sob a capa da proteção benfazeja. Como diz exemplarmente Macchia: "E o palco se torna um policialesco lugar de tortura, onde uns fazem carnificina dos outros".[4]

Resta agora examinar a cena de abertura e a de fechamento desse terceiro ato, que igualmente encerra a peça. Na primeira cena, Laudisi, ao perceber a fragilidade das provas documentais exibidas pelo Comissário, diz-lhe ironicamente que, para trazer paz a todos, deveria inventar qualquer versão que lhes desse segurança e os levasse a interromper a empresa de descobrir a verdade a qualquer preço. O aspecto metaposicional de Laudisi é evidente, pois acentua o caráter arbitrário da verdade e, ao mesmo tempo, extrai a conclusão institucional subversiva de que o papel de um bom funcionário da documentação era simplesmente produzir a falsificação que apaziguasse os ânimos das autoridades, e por extensão de toda a cidade.

Não estamos demasiado longe da fábula tirânica do "duplipensar" (*doublethink*) de 1984, de George Orwell, quando a função dos comissários era ajustar as provas documentais do passado às novas versões do presente. Apenas que, em *Assim é (se lhe parece)*, o aspecto totalitário do duplipensar é menos evidente do que a arbitrariedade pragmática, ironicamente defendida por Laudisi.

A cena final, de longe a mais comentada, discutida e citada entre os intérpretes, leitores e espectadores da peça, mostra a aparição dramática da senhora Ponza, com o rosto coberto de um véu negro impenetrável, seguida dos gritos e gemidos da suposta mãe e seu suposto marido.

---

4. Macchia, G., op. cit., p. 10.

Chamada de "Lina" pela senhora Frola (pois este era o nome de sua filha), e chamada de "Júlia" pelo senhor Ponza (pois este era o nome de sua suposta segunda mulher, depois da morte daquela que seria filha da senhora Frola), a senhora Ponza acolhe a ambos entre os seus braços e sentencia em palavras escandidas: "sou aquela que se crê que eu seja", selando para sempre o mistério ou o sonho de uma verdade única, para entregá-la à vicissitude das opiniões, isto é, daquilo que não é senão em relação com a crença falível dos homens.

Mas não se trata, aqui, apenas de uma questão metafísica da natureza da verdade, a qual não se deixa jamais ver em si mesma, fora dos jogos das subjetividades humanas. A declaração da senhora Ponza, juntamente com a saída de cena de seus dois amorosíssimos solicitantes, os quais, amparando-se, sussurram entre si palavras infinitamente ternas, é o patetismo de tudo aquilo. Um vasto patetismo que não exclui sequer os moradores, comovidos, perplexos e impotentes. Um patetismo esquisito, sem catarse, cujo contraponto lógico é a natureza violenta da tentativa de produzir a verdade como extensão pseudonatural de um modo particular de viver indiscretamente aplicado a todos.

A considerar seriamente esse ponto, será preciso admitir que, para o Pirandello de *Assim é (se lhe parece)*, a interpretação de qualquer forma de vida avança além do que pode dizer, e o seu excesso gera inevitavelmente dor. Nesses termos, está evidente que, na peça, diferentemente do que a visão politicamente correta tende a destacar hoje, não é o machista sulista que está na berlinda, mas as consequências absurdas para a existência comum de qualquer verdade que se pretenda como algo mais do que simples costume e *doxa*.

Assim, quando Laudisi dá sua gargalhada final, preenchendo com infinito escárnio o tempo da descida das cortinas, não há que duvidar: a determinação da verdade é apenas uma trapaça mesquinha, incapaz de pensar a si própria como invenção. A vida sob tortura, tão infeliz como ridícula, é a sua evidência mais imediata.

Alcir Pécora

Cronologia

1867
Nasce Luigi Pirandello em Girgenti (hoje Agrigento), Sicília, Itália, filho de Stefano Pirandello e Caterina Ricci Gramitto.

1880
Escreve seus primeiros poemas. A família se muda para Palermo, onde Pirandello termina seus estudos básicos, iniciados em casa.

1886
Ingressa na Universidade de Palermo, nos departamentos de Letras e de Direito, mas abandona o segundo em alguns meses.

1887
Muda-se para Roma com intenção de continuar os estudos.

1889
Devido a um conflito com um professor de latim, abandona a Universidade de Roma e é transferido, por carta de recomendação de outro tutor, para a Universidade de Bonn, na Alemanha, onde permanece por dois anos. Publica *Mal giocondo*, sua primeira coletânea de poemas.

1891
Recebe o título de doutor em filologia românica com tese escrita em alemão sobre o dialeto de sua cidade natal. *Pasqua di Gea*, nova coletânea de poemas.

1893
Escreve seu primeiro romance, *L'esclusa*.

1894
Lança *Amori senza amore* (novelas). Casa-se com Maria Antonietta Portulano.

1895
Nasce o primeiro filho do casal, Stefano, que se tornaria dramaturgo sob o pseudônimo de Stefano Landi.

1896
Publica tradução das elegias de Goethe.

1897
Nasce sua filha Rosalia (Lietta).

1897-1922
Leciona estética e estilística no Real Istituto di Magistere Femminile, em Roma.

1898
Funda o semanário *Ariel* com Italo Falbo e Ugo Fleres.

1899
Nasce Fausto, terceiro e último filho.

1901
Publicação de *L'esclusa* e de *La Zampogna* (poemas).

1902
Beffe della morte e della vita (narrativa breve) e *Il turno* (romance).

1903
Segundo volume de *Beffe della morte e della vita*. Devido ao alagamento de minas em Aragorna, nas quais Stefano (pai) havia investido enorme quantia de dinheiro, a família entra em bancarrota. Desde então, o equilíbrio psicológico de Antonietta é permanentemente abalado.

1904
Bianche e neve (narrativa breve). *Il fu Mattia Pascal* (romance) em capítulos na revista *Nuova Antologia*.

1905
Tradução para o alemão de *Il fu Mattia Pascal*. Início do reconhecimento internacional.

1906
Erma bifronte (narrativa breve) e *Scamandro* (teatro).

1908
Dois volumes de ensaios: *Arte e scienza* e *L'umorismo*. Inicia polêmica com o escritor e político Benedetto Croce.

1909
Passa a colaborar com o jornal *Corriere della Sera*, atividade que manterá até o fim da vida.

1910
Antonietta passa a apresentar comportamento fisicamente violento e ciúme obsessivo. *La vita muda* (novelas), *Lumìe di Sicilia* e *La morsa* (teatro).

1911
Suo marito (romance).

1912
Última coletânea de poemas, *Fuori di chiave*.

1913
Estreia de *Il dovere del medico*. Publicação do romance *I vechi e i giovani*.

1914
Antonietta é acometida por um ataque de paranoia, Pirandello recusa-se a interná-la.

1915
Primeira Guerra Mundial: Stefano e Fausto partem para o *front*, onde o primeiro é feito prisioneiro pelas tropas austríacas. Morre Caterina, mãe do autor. O estado de saúde mental de Antonietta se agrava. Estreia da peça *Cecè*. Publicação em capítulos do romance *Si gira*, considerado o primeiro texto literário a tratar do mundo do cinema, publicado em livro sob o título *Quaderni di Serafino Gubbio operatore*. Duas coletâneas de textos curtos: *La trappola* e *Erba del nostro orto*.

1916
Antonietta acusa o escritor de manter relações incestuosas com Lietta, tenta o suicídio e foge de casa. Sucesso das peças *Liolà* e *Pensaci, Giacomino!*.

1917
Estreia *Assim é (se lhe parece)* no Teatro Olímpia, em Milão. *E domani, lunedì* (narrativa breve).

1918
Lietta vai morar com uma tia. Estreias de *Il giuoco delle parti*, *La patente* e *Ma non è una cosa seria*. Primeiro volume de *Maschere nude*, que reunirá sua obra dramática completa (o trigésimo primeiro e último volume aparecerá em 1935).

1919
Stefano é libertado do cativeiro. Antonietta é internada definitivamente em uma casa de saúde. Lietta retorna. Estreias de *L'innesto* e *L'uomo, la bestia e la virtù*.

1920
Primeiro filme adaptado de sua obra, *Il crollo*. Seguem-se *Il lume dell'altra casa* e *Il scaldino*. Em vida do autor, somam-se 14 adaptações. Criação de *Tutto per bene* e de *Come prima, meglio di prima*,

primeiro grande sucesso teatral. Estreia de *La signora Morli, una e due*.

1921
A Compagnia di Diario Nicomedi encena *Sei personaggi in cerca d'autore* [*Seis personagens à procura de um autor*] no Valle di Roma. O autor e sua filha Lietta são forçados a sair por uma porta lateral para evitar a plateia enfurecida. A mesma peça, no entanto, faz estrondoso sucesso em Milão. Morre Stefano, pai do autor.

1922
Sei personaggi in cerca d'autore é encenada, em inglês, em Nova York e Londres. Na Itália, sucesso de *Enrico IV* [*Henrique IV*] e *Vestire gli ignudi*; criação de *All'uscita*.

1923
Criação de *La vita che ti diedi*. Estreia de *L'uomo dal fiore in bocca* e *L'altro figlio*. A propósito de um artigo sobre o aniversário da Marcha sobre Roma, aproxima-se de Benito Mussolini. Inicia sua relação com a atriz Marta Abba.

1924
Em uma carta aberta, publicada pelo jornal *L'Impero*, solicita sua adesão ao Partido Fascista "porque sou italiano".

1925
Nomeado diretor do Teatro d'Arte di Roma, supostamente por influência de Benito Mussolini. Estreia do balé *La giara* em Paris.

1925-1926
Publicação por episódios de *Uno, nessuno e centomila* na revista *Fiera Letteraria*.

1926
Desentendimento com a filha e com o genro, desencadeando a partida de ambos para o Chile.

1927
Estreia *Diana e la Tuda*, *L'amica delle mogli* e *Bellavitta*. Rasga seu cartão do Partido Fascista diante de seu secretário-geral. Pelo resto da vida, será observado pelo serviço secreto fascista, a OVRA.

1928
Instala-se em Berlim. O Teatro d'Arte di Roma fecha suas portas por falta de verba.

1929
É nomeado para a Academia Reale d'Italia, fundada por Mussolini. Estreia de *O di uno o di nesuno* e de *Lazzaro*.

1930
Estreia de *Come tu mi vuoi* e de *Questa sera si recita a soggetto*. Seu romance *In silenzio* é adaptado ao cinema sob o título *La canzone dell'amore*, primeiro filme falado italiano.

1931
Encenação de *Come tu mi vuoi* na Broadway. Instala-se em Paris com Marta Abba.

1932
Reunião com Mussolini em março; tenta convencer o *duce* a fundar um Teatro Nacional. Retorna a Roma. Criação de *Trovarsi*. A MGM adapta sua peça *Come tu mi vuoi* às telas sob o título *As you desire me*, com Greta Garbo e Erich von Stroheim.

1933
Passa o verão em Buenos Aires em companhia de Marta Abba. Encontra Lietta.

1934
É agraciado com o Prêmio Nobel de Literatura "por sua intrépida e inventiva renovação da arte cênica e dramática". Pouco tempo depois, doa a medalha do Nobel à "coleta do ouro" promovida por Mussolini.

1935
Tenta mais uma vez convencer Mussolini a criar um Teatro Nacional. Vai a Nova York, mas seu apoio à invasão da Etiópia pela Itália lhe rende uma recepção morna. Sofre um ataque cardíaco. Estreia *Non si sà come*.

1936
Falece em Roma, no dia 10 de dezembro, em sua casa na Via Bosio.

Bibliografia

I. DO AUTOR

Poesia
Mal giocondo, 1889.
Pasqua di Gea, 1891.
Elegie renane, 1895.
La Zampogna, 1901.
Fuori di chiave, 1912.

Narrativas breves
Amori senza amore, 1894.
Quand'ero matto, 1902.
Beffe della morte e della vita – 2 vol. – 1902-1903.
Bianche e nere, 1904.
Erma bifronte, 1906.
La vita nuda, 1910.
Terzetti, 1912.
Le due maschere, 1914.
La trappola, 1915.
Erba del nostro orto, 1915.
E domani, lunedì, 1917.

Un cavallo nella luna, 1918.
Berecche e la guerra, 1919.
Il carnevale dei morti, 1919.
La rallegrata, 1922.
Lo scialle nero, 1922.
L'uomo solo, 1922.
La mosca, 1923.
In silenzio, 1923.
Tutt'e tre, 1924.
Dal naso al cielo, 1925.
Donna Mimma, 1925. [*Dona Mimma*, São Paulo: Berlendis & Vertecchia, 2002]
Il vecchio dio, 1926. [*O velho Deus*, São Paulo: Berlendis & Vertecchia, 2001]
Il viaggio, 1928.
Candelora, 1928.
Una giornata, 1937. [*Uma jornada*, São Paulo: Berlandis & Vertecchia, 2019]

Romances
L'esclusa, 1901. [*A excluída*, São Paulo: Germinal, 2004]
Il turno, 1902.
Il fu Mattia Pascal, 1904. [*O falecido Mattia Pascal*, São Paulo: Nova Alexandria, 2007]
Suo marito, 1911. [Reeditado como *Giustino Roncella nato Boggiòlo* in *Tutti i romanzi*, 1944]
I vecchi e i giovani, 1913.
Si gira, 1916. [Edição revista de *Quaderni di Serafino Gubbio operatore*, 1915]
Uno, nessuno e centomila, 1926. [*Um, nenhum e cem mil*, São Paulo: Cosac Naify, 2001]

Teatro

Scamandro, 1909.

Se non così, 1917. (Reeditado como "La ragione degli altri" in *L'innesto*, 1921) [*A razão dos outros*, São Paulo: Lumme Editor, 2009]

Liolà, 1917.

All'uscita, 1917.

Pensaci, Giacomino!, 1918.

Così è (se vi pare), 1918.

Il piacere dell'onestà, 1918.

Il giuoco delle parti, 1919.

Ma non è una cosa seria, 1919.

Lumìe di Sicilia, 1920. [in *Pirandello em cinco atos*; *Limões da Sicília*, São Paulo: Carambaia, 2017]

Il berretto a sonagli, 1920.

La patente, 1920. [in *Pirandello em cinco atos*; *A patente*, São Paulo: Carambaia, 2017]

Tutto per bene, 1920.

Come prima, meglio di prima, 1921.

L'innesto, 1921.

Sei personaggi in cerca d'autore, 1921. [*Seis personagens à procura de um autor*, São Paulo: Peixoto Neto, 2004]

Enrico IV, 1922. [in *Henrique IV e Pirandello: roteiro para uma leitura*, São Paulo: Edusp, 1990]

La signora Morli, una e due, 1922.

L'uomo, la bestia e la virtù, 1922. [in *O enxerto; O homem, a besta e a virtude*, São Paulo: Edusp, 2003]

Vestire gli ignudi, 1923. [*Vestir os nus*, Rio de Janeiro: Civilização Brasileira, 2007]

La vita che ti diedi, 1924.

L'altro figlio, 1925. [in *Pirandello em cinco atos*; *O outro filho*, São Paulo: Carambaia, 2017]

La giara, 1925.
Sagra del Signore della Nave, 1925.
Cecè, 1926.
All'uscita, 1926.
Il dovere del medico, 1926.
La morsa, 1926. [in *Pirandello em cinco atos; O torniquete*, São Paulo: Carambaia, 2017]
L'uomo dal fiore in bocca, 1926.
L'imbecille, 1926.
L'amica delle mogli, 1927.
Diana e la Tuda, 1927.
La nuova colonia, 1928.
Lazzaro, 1929.
O di uno o di nessuno, 1929. [*Ou de um ou de nenhum*, São Paulo: Lumme Editor, 2010]
Come tu mi vuoi, 1930.
Questa sera si recita a soggetto, 1930.
Trovarsi, 1932.
Quando si è qualcuno, 1933.
Non si sà come, 1935.
Sogno (ma forse no), 1936.
L'amica delle mogli, 1936 .
Ma non è una cosa seria, 1937.
Bellavita, 1937.
La nuova colonia, 1938.
La favola del figlio cambiato, 1938.
I giganti della montagna, 1938.

Não ficção
Laute und Lautentwickelung der Mundart von Girgenti, 1891.
Arte e scienza, 1908.
L'umorismo, 1908.

II. SOBRE O AUTOR (EM LIVRO, NO BRASIL)

Bernardini, Aurora Fornoni. *Henrique IV e Pirandello – Roteiro para leitura*. São Paulo: Edusp, 1990.

Ginsburg, Jacó. *Pirandello – Do teatro no teatro*. São Paulo: Perspectiva, 1999.

Serge, Carlos David. *O casal em Pirandello*. São Paulo: Lemos, 1994.

Sobre o tradutor e o posfaciador

Sergio N. Melo nasceu no Rio de Janeiro (RJ), em 1962. Formou-se em intepretação pela Casa das Artes de Laranjeiras (Rio de Janeiro), em dramaturgia pela Scuola d'Arte Drammatica Paolo Grassi (Milão, Itália) e em letras (literaturas em inglês) pela Universidade Estadual do Rio de Janeiro. Mestre em literaturas de língua inglesa pela UERJ, é doutor em teatro pela University of Toronto (Canadá). De 1986 a 1990 foi cofundador e membro da companhia Teatro Metábole, na capital fluminense, e, de 1998 a 2003, roteirista da TV Globo.

Alcir Pécora nasceu em Pirassununga (SP), em 1954. Licenciado em educação artística pela Pontifícia Universidade Católica de Campinas e bacharel em linguística pela Universidade Estadual de Campinas, é professor do Departamento de Teoria Literária da UNICAMP. Defendeu o mestrado em teoria literária na mesma instituição e doutorou-se em teoria literária e literatura comparada pela Universidade de São Paulo. Obteve a livre-docência na UNICAMP e cursou pós-doutorado no Dipartamento di Studi Romanzi della Università degli Studi di Roma "La Sapienza" (Itália). É autor, entre outros livros, de *Teatro do sacramento – A unidade teológico--retórico-política dos sermões de Antônio Vieira* (EDUSP/Editora da UNICAMP) e *Máquina de gêneros* (EDUSP).

Este livro foi composto com a família tipográfica Electra.
Impresso para a Tordesilhas Livros em 2022.